KB146592

The
Invisible
Words

보이지 않는 말들

The Invisible Words

천경우
작업 노트

——

Kyungwoo Chun

Η

차 례

State Bank ATM
स्टेट बैंक ए टी एम

Kyungwoo Chun, *Happy Journey*
A Public Art Project, 2015
CTS station / ArtOxygen, Mumbai

Kyungwoo Chun, *Happy Journey*
A Public Art Project, 2015
ArtOxygen, Mumbai

HAPPY JOURNEY

'Happy Journey'는 인도 뭄바이Mumbai에서 이루어진 공공미술 프로젝트의 제목이다. 나는 기차역에서 만난 사람들을 작품에 참여시켜 이 프로젝트를 함께 완성하는 시간을 보냈다.

인도의 모든 기차표 상단에는 "Happy Journey"라는 일종의 로고 같은 글귀가 인쇄되어 있다. 보통은 필요한 정보만이 표기되어 있는 다른 나라의 기차표들과는 달리 이 감성적인 두 단어는 결코 모두가 행복하지만은 않을, 무거운 짐을 진 인도의 고단한 기차 여행자들의 모습을 역설적으로 보이게 한다. 사람들은 역내 안내방송의 끝부분마다 따라오는 말, "여러분의 행복한 여정을 기원합니다We wish you a happy journey!"를 들으며 여행을 시작한다. 나는 이 글귀를 새 작품의 제목으로 삼고 기차역에서 마주치는 사람들을 작업에 초대하였다. 그리고 다음과 같이 요청하였다.

"당신이 가지고 있는 물건 중에서 버리고 싶거나 타인에게 주고 싶은 물건 하나를 가져오십시오. 그리고 당신의 이름과 함께 이 물건이 어디에서 왔는지, 얼마나 먼 곳에서 왔는지를 적어주십시오."

매일 아침 나는 뭄바이 중앙역CST station에 내려 마치 거대한 밀물처럼 밀려오는 사람들의 눈빛과 움직임들을 바라보았다. 그리고 내게 주어진 시간 동안 그들의 진짜 일상 속을 조금이라도 가까이 느끼고자 하였다. 반드라Bandra의 숙소에서 오토 릭샤Auto rickshaw를 타고 터미널로 가서 올라탄, 문조차 닫히지 않는 터질 듯한 통근 열차의 객실은 마치 거대한 포유동물의 살아 있는 몸속과도 같았다. 촘촘히 서 있는 사람들의 얼굴은 신기하게도 평온하다. 그리고 중간중간 역을 지날 때마다 열리는 문의 방향과 정차 역에 따라 승객들의 몸을 맞댄 밀도는 서서히 느슨해지고 그 사이로 누군가가 사라지기도, 또 누군가가 합류하기도 한다. 그 안에서만 감지될 수 있는 이 인간적인 꿈

Kyungwoo Chun, *Happy Journey*
A Public Art Project, 2015
ArtOxygen, Mumbai

Kyungwoo Chun, *Happy Journey*
A Public Art Project, 2015
ArtOxygen, Mumbai

틀거림에 용기를 내어 한 손으로 손잡이를 꼭 잡은 채 그들과 함께 달리는 기차 밖으로 몸을 내밀어 시원한 맞바람을 맞아보았다.

나는 이 익명의 여행자들을 참여자이자 조력자로서 초대하여 그들 삶의 작은 일부를 공유해 하나의 공동작품을 완성해나가기로 하였다. 우선 하늘에서 바라본 역의 플랫폼 형태로 단순한 대형 테이블을 제작하였다. 플랫폼에 설치한 하나의 섬과도 같은 이 하얀색 테이블 가장자리는 지친 사람들이 와서 앉을 수 있도록 벤치처럼 구상하였다. 이 테이블-벤치를 퍼포먼스와 설치의 장소로 정하고 기차에서 내리는 사람들, 타고 갈 기차를 기다리는 사람들을 맞았다.

낯선 나라의 공공장소에서 보통 사람들과 함께 새로운 작품을 시도할 때면 누가 누구를 관찰하는 것인지 분간이 되지 않을 때가 있는데, 결국 우리는 서로를 통해 스스로를 관찰하고 있는 셈이다. 한번은 참여자들 중 호기심 어린 중년 여인이 내게 가방 속에서 '토끼 발'을 꺼내 주는 순간 나는 놀라움을 금치 못하였다. 오래전부터 땅 밑에는 영혼들이 있고 토끼의 발은 그 영혼들과 어울린다고 믿는 사람들이 있다는 사실을 그때의 나는 알지 못했다. 이 행운과 다산의 상징인 토끼 발 장신구를 몸에 지니고 다니는 느낌은 어떠한 것일까? 조심스레 테이블 쪽으로 다가온 사람들은 주머니에서 또는 가방에서 사소한 소지품들을 꺼내놓았다. 이 물건들은 간단한 이력이 적힌 기차표와 함께 조금씩 모아졌으며 어느덧 테이블 위에 하나둘씩 쌓여갔다. 아무 말 없이 물건을 건네주고 사라지는 사람부터 오랜 시간 테이블 주변을 맴돌며 망설이다가 결심한 듯 불쑥 소지품 하나를 꺼내놓는 사람, 며칠을 오가며 지켜보다가 귀한 무언가를 집에서 가지고 온 사람까지 다양한 이야기와 물건들이 모이기 시작했다. 대부분 제 기능을 다한 이 물건들에서 이상히도 새 물건들보다 더한 생명력이 느껴지는 건 그 물건과 오랜 시간 함께해온 누군가의 흔적 때문일 것이다.

쓸모없이 버려지는 물건이 대부분일 것이리라는 나와 큐레이터의 예상과는 달리 의외의 물건들도 나타나기 시작하였다. 어떤 30대 남자는 한참 동안 구경하다가 다음 날 아침 딸이 태어나서 처음 신었던 분홍색 양말을 가져다주었고 또 한 여인은 20년간 팔에 끼고 다니던 팔찌를 빼서 주었다. 어떤 노인은 자신이 폐병을 앓았을 때 찍었던 엑스레이 사진을, 한 청년은 자신을 오토바이 사고에서 구해준 헬멧을 가져다주기도 하였다.

나는 같은 공간을 스쳐 지나가는 이들이 자신과 별반 다르지 않은, 그러나 분명히 다른 타인의 삶의 일부분을 조금이나마 들여다볼 수 있기를 희망하였다. 이미지가 아닌 실재의 물건들을 불러들인 것은 그것을 감지하는 지각知覺을 통해 상상할 수 있는 가능성을 열기 위함이었다.

"점점 빠르게 발전되는 기계의 속도는 우리의 실존을 알려주는 현상들을 직접 느끼는 의식意識의 능력을 소멸케 할 것이다"라는 철학자 폴 비릴리오Paul Virillio의 예언은 엄청난 속도로 달려오는 공포에 적응해야 했던 초기 기관차의 속도감에서 비롯되었다. 이제는 매끄러운 스마트폰 유리 액정 뒤에서 감지조차 불가능한 속도로 사진 이미지가 되어버린 실재의 사물과의 이별을 예견이라도 한 것일까. 여기에 놓인 주인을 떠난 수백 개의 때 묻은 사물들은 어쩌면 우리가 손으로 만지고 느낄 수 있는 마지막 실재일지도 모른다.

미술관의 관람객들과는 달리 공공장소에서 이동하는 사람들을 작품에 참여시키는 것은 매우 불안정하고 도전적인 일이다. 이러한 비일상적이고 의식적인 개입intervention의 행위가 어떠한 결과를 낳을지 정확히 예측하기 어려우나 나는 이 불안감의 수련과도 같은 과정과 예측 불가의 조건을 사랑한다. 공공장소에서 마주치는 사람들은 아무리 가까이 맞닿아 있을지라도 관계의 이루어짐 없이는 마치 투명인간 같은 존재들이다. 서울이나 런던의 지하철 안에서 태연히 화장을 고치거나 혼자 거울 앞에 있는 듯 행동하는 사람들, 이 평범하고도 놀라운 현상에 나는 주목한다.

일상을 수많은 신들과 대화하며 살아가는 인도인들, 종교를 삶의 중심에 놓는 이들에게 이 특별하지 않은 정체불명의 구조물은 무언가 신성하고 귀한 의식의 무대 같다는 감지를 하게 한 것일까? 사람들은 진지하다. 소멸이 선물해주는 새로운 생성의 자리를 받아들이기 어려운 우리들은 썩지 않는 플라스틱 조각들에서조차 애틋함을 느낀다. 사라짐을 향해 누군가의 곁을 떠나 잠시 주목의 대상이 되는 이 평범하고 낡은 물건들은 하얀 테이블 위에서 생성을 위한 '행복한 여정Happy Journey'을 기다린다.

Kyungwoo Chun, *Happy Journey*
A Public Art Project, 2015
CTS station / ArtOxygen, Mumbai

Kyungwoo Chun, *100 Questions*
Installation, 2005
Stiftung DKM, Duisburg

have you remembered?   do y   ou know how to swim?   does happiness ex

Kyungwoo Chun, *100 Questions*
Installation, 2005
Stiftung DKM, Duisburg

100개의 질문들

스페인의 섬마을 안드라치Andratx의 중심가에서 낯선 동양인을 마주하는 주민들의 얼굴 뒤에는 도대체 어떤 질문들이 담겨 있을까. 그 의구심이 수년간 유럽의 일상에서 누적돼 있던 의식을 깨웠다. 나는 미술관 CCA Andratx에서 마련해준 언덕 위의 스튜디오에서 마을로 내려와 외지인을 향해 좀처럼 마음을 열지 않는 섬 주민들에게 조금씩 다가가기를 시도하였다. 가벼운 듯 기이하게 들리는 이 작품에 참여해달라는 초대가 그 핑곗거리였다. 그러나 마을은 가깝고 사람들은 멀었다.

몇 주간을 조심스레 문을 두드려 참여하게 된 사람들에게 '타인에게 하고 싶었던 질문들, 하지만 할 수 없었던 질문들'을 익명으로 보내줄 것을 요청하였다. 그리고 그 질문의 형식은 반드시 '예^{sí}' 또는 '아니오^{no}'로만 대답할 수 있어야 하는 것으로 한정하였다. 며칠 후, 우편으로 보내오거나 스튜디오 문틈으로 밀어 넣는 등의 방식으로 모두 100개의 질문들이 도착하였다(어떤 이는 혹시나 자신이 드러날까봐 꼭꼭 접어서 밀봉하여 밤에 살짝 두고 가기도 하였다). 모아진 100개의 질문들은 며칠 동안이나 나의 마음을 사로잡았으나 나는 대답을 시도하지는 않았다. 대신에 그들의 집이나 직장으로 한 명씩 방문하여 이 모든 질문들을 던지기로 하였다. 아마도 그들은 바로 그곳에서 마음속으로 자신의 질문을 상상하였는지도 모른다.

내가 작은 유리잔에 담긴 코르타도^{cortado}를 즐겨 마시던 허름한 동네 카페의 주인, 마을 약국의 약사, 초등학교 선생님, 젊은 전기 기술자, 도서관 사서 등 다양한 직업의 참가자들은 모두 준비된 비디오카메라 앞에 앉은 채 질문들을 하나씩 보면서 대답을 하였다. 당연히도 이 모든 질문들에 모두 '예' '아니오'로만 답할 수는 없을 터였지만 약속한 대로 둘 중 하나의 대답만을 선택하였다. 자신만이 질문지를 볼 수 있었던 이들은 말을 하는 대신 고개를 젓거나 끄덕이며 '예' '아니오'로 대답하였다. 사실 이 질문들은 낯선 외지인의 것이 아니고 바로 그들 자신의 것이었다.

Kyungwoo Chun, *100 Questions*
Performance and installation, 2011
Arko Art Center, Seoul

Kyungwoo Chun, *100 Questions*
Performance and installation, 2011
Arko Art Center, Seoul

이 프로젝트는 지중해 섬 마요르카Majorca의 서쪽 바닷가 마을인 안드라치에서 겨울을 보내며 처음 구상되었고 몇 년 후 서울 아르코미술관에서의 전시를 위해 관객과의 퍼포먼스의 형태로 실현된 작업이다.

나는 뒤셀도르프Düsseldorf를 시작으로 유럽 생활의 처음부터 일상적으로 원하는 것에 대한 명확한 답변을 끊임없이 요구받아왔다. 그리고 대답을 찾지 못할 때는 늘 몸이 꿈틀거렸다. 얼마나 많은 사람들이 진정으로 원하는 것을 알까. 답을 달라고 눈을 빤히 쳐다보고 있는 서양인들 앞에서 속마음을 직접적으로 드러내는 것에 익숙하지 않은 동양인들은 자주 당혹감을 느낀다. 이 단순한 작업은 내가 경험한 문화적 충돌의 작은 경험으로부터 시작되었으며 이 다름을 통한 충돌Konflikt은 인간을 이해하는 중요한 단초로 작용하기도 했다. 잘만 견디어낸다면 일상의 사소한 불협화음들은 내 안에 일렁이는 포용력과 상상력의 고마운 자양분이 된다.

영상 속 한 남자는 마치 질문을 다 알고 있었다는 듯 주저 없이 고개를 흔들어가며 답변을 하는가 하면 어떤 이는 질문 하나하나 천천히 되새기며 고개를 움직인다. 때로는 얼굴을 붉히는 등 곤란한 표정이 역력하기도 하다. 하나의 선택이 불가피함을 알면서도 솔직했음 또는 그러지 못했음에 대한 후회가 엿

당신은 어젯밤의 꿈을 기억할 수 있습니까? 아침은 드셨습니까? 당신이 세상을 바꿀 수 있다

당신이 미래를 잊는다면 오늘을 잃게 됩니까? 첫 키스 상대를 다시 한번 만나고 싶습니까?

당신은 오늘 한 마디 이상의 거짓말을 했습니까? 당신은 능동적인 인간입니까? 가족이 미웠

우리가 사랑이라고 말하는 것이 사실은 이기심이라고 생각합니까? 당신은 당신을 믿습니까?

최근에 극단적인 감정 때문에 곤란을 겪은 적이 있나요? 우리는 스스로의 운명의 한계를 극복하

신이 우리에게 이유가 있어서 고통을 준다는 것을 당신은 받아들일 수 있습니까? 당신이 스

당신의 인생은 계획대로 진행되고 있습니까? 당신은 어린 시절 기억으로의 여행이 두려운가

오늘 하루 자신의 모습에 만족합니까? 미래가 과거보다 더 아름답게 보이십니까? 누군가를

당신의 삶이 오늘 끝난다면 그것에 동의하겠습니까? 자신이 세상에 도움이 된다고 생각합

우리는 실수를 미리 막아야 할까요? 죽고 싶은 장소나 시간에 대해 생각해본 적이 있습니까

당신은 배우자를 속인 적이 있습니까? 당신, 혼자 살고 싶나요? 중국의 수도는 상하이 입니

당신은 예술 없이 살 수 있습니까? 당신은 길바닥에 떨어진 음식을 주워 먹어본 적이 있습

누군가를 정말 죽이고 싶은 적이 있었습니까? 당신은 직장에서 스트레스를 많이 받습니까?

요즘 행복하신가요? 사후세계가 존재한다고 믿으십니까? 당신은 남자입니까? UFO가 있

당신은 다른 사람의 불행에 웃은 적이 있습니까 가까운 친구보다 낯선 사람에게 더 편히 말

인연을 믿습니까? 당신이 살고 있는 바로 지금이 당신이 기대했던 것에 가까운가요? 세상

예술은 먹을 수 있는 것입니까? 당신은 바로 이 순간 행복하다고 느끼나요? 어제 밤, 잠을

지금 당신의 파트너가 유일한 상대라고 진정으로 믿나요? 오늘 시간 있으세요? 언젠가는 저

사랑하는 사람에게 고의로 상처를 준 적이 있나요? 당신은 벙어리가 되고 싶었던 적이 있습

비가오면 당신은 기분이 좋습니까? 혼자 있을 때 자기가 완전히 다른 사람인 것처럼 느껴져

두 명 이상의 이성을 동시에 사랑해 본 적이 있습니까? 수입 중 일부를 당신은 타인에게 기

당신은 동성애자가 아닌데도 동성을 가깝게 느껴본 적이 있나요? 자신이 80까지 살 수 있

당신은 바람을 피운 적이 있습니까? 인간이 스스로 목숨을 끊거나 그 시기를 선택할 권리가

당신이 살아있는 동안 남북통일이 이루어 질 거라고 생각합니까? 단 한 순간이라도 나와 여

당신은 자신이 10년 전보다 더 성숙해 졌다고 생각합니까? 당신은 부모님을 존경합니까?

당신은 어제 하늘을 한번쯤 보았습니까?

당신은 누구에게 해가 되는 일을 한번도 한 적이 없습니까?

사람이 모르게 다른 누군가를 사랑한 적이 있습니까? 당신은 고통을 잘 견뎌낼 수 있습니까?

가? 외국인에게 반감을 가진 적이 있습니까?

때의 느낌을 상상해 본 적이 있습니까? 당신은 행복한 어린 시절을 보냈습니까?

합니까? 음악은 우리의 마음을 울리게 합니까? 당신은 사랑하는 사람을 위해서 죽을 수 있습니까?

것은 모두 진실입니까? 당신은 정기적으로 운동을 합니까?

건을 훔쳐 본 적이 있습니까? 당신이 필요할 때 5분간 안아줄 수 있는 사람이 있나요?

수 있나요? 당신이 사용하는 샴푸나 바디로션의 예쁜 포장이 만족스러운 느낌을 더해줄니까?

불리는 곳이 사실은 지옥일까요? 오늘 가스레인지의 불을 끄셨나요?

앞에서 우는 척 한적이 있습니까? 누군가의 사생활을 은밀하게, 혼자 볼 수 있다면 보겠습니까?

나 연인 외에 다른 사람을 사랑하고 정신적, 육체적 관계를 가진 적이 있습니까?

사이의 우정이란 가능할까요? 노후 대책이 있습니까?

우리가 매일 보고 듣는 미디어의 영향을 받는다고 믿습니까? 자녀가 있으십니까?

다시 한 번 할까요?

갖고 있나요? 이 퍼포먼스가 당신의 행동에 영향을 미칠까요?

요? 당신은 매일 섹스를 생각합니까?

어젯밤에 나체로 들판을 뛰어다니는 꿈을 꾸었습니까? 하바나에 가본적이 있습니까?

중요하게 될까요? 지금 울고 싶나요?

당신은 저를 좋아하시나요? 당신의 부동산은 5억 원 이상 됩니까?

당신은 살아있다는 것이 무엇인지 이해했나요?

새해가 진정 신이 인간에게 내린 벌이라고 믿습니까?

바이 요한가요? 당신은 행복합니까?

어본

군 적이 있나요?

만의 비밀이 있습니까?

Kyungwoo Chun, *100 Questions*
Installation, 2019
Busan Museum of Contemporary Art

보인다. 말이 아닌 몸을 움직여 마음을 드러내는 것은 공간의 감각으로부터의 미세한 기억을 남기는 일이다.

완성된 영상은 대답과 다르게 무작위로 지나가는 질문들과 함께 독일 뒤스부르크Duisburg의 한 전시장에 설치되었다. 밤 산책을 하다 보면 멀리서도 고개를 움직이는 커다란 얼굴들을 볼 수 있었고 스크린의 뒤쪽은 마치 속마음을 들여다보기라도 하듯 직접 들어가볼 수 있게 제작되었다.

몇 년 후, 서울에서의 전시를 위해 이번에는 여러 나라 100명의 참가자들로부터 각기 한 개씩의 질문을 모으기로 하였다. 그 중 한국의 참가자 열 명을 퍼포먼스에 초대하였다. 익명의 참가자들이 보내온 100개의 질문들은 음성으로 녹음되었고 참가자들은 관객들 앞에서 공개적으로 답을 해야만 했다. 각자의 헤드폰으로 흘러나오는 질문들은 당사자만이 들을 수 있게 하여 솔직할 수 있는 조건을 마련하였다. 흥미로운 점은 사전에 많은 참가자들이 옆 사람의 질문 순서가 자신의 것과 어떻게 다른지 알고 싶어 했다는 일이다. 옷을 입고 있었지만 어쩌면 조금은 벌거벗은 기분이었으리라. 그에 대한 대답은 듣지 못한 채 퍼포먼스는 시작되었고 참가자들의 고개는 서로 다른 속도와 방향으로 조용히 움직였다. 그 안에는 문화적 차이에서 오는 뜻밖의 질문들도 많았지만 다음 질문을 받기에는 너무나도 깊은 생각에 잠기게 하는 지구 반대편 누군가의 질문도 있었다. 나는 아래의 질문들을 다시 읽어 내려가며 이 글을 읽는 당신도 함께 대답해보기를 제안한다. 여기서 중요한 것은 질문의 내용도, 그에 대한 대답도 아니다. 그것은 누군가와의 만남이자 대답할 때의 나를 지각知覺하는 시간 그 자체이다.

당신은 어젯밤 꿈을 기억할 수 있나요?

당신이 오늘을 잃는다면 미래를 잊게 될까요?

당신은 고통을 잘 다룰 수 있습니까?

당신은 오늘 하루 한 번 이상의 거짓말을 하였습니까?

가족이 미웠던 적이 있습니까?

오늘 가스레인지의 불을 끄셨나요?

첫 키스 상대를 다시 한 번 만나고 싶습니까?

죽고 싶은 장소나 시간에 대해 생각해본 적이 있습니까?

엄마가 돌아가실 때의 느낌을 상상해본 적이 있습니까?

질문은 반드시 답을 필요로 할까요?

당신은 사랑하는 사람을 위해서 죽을 수 있습니까?

당신의 어린 시절을 떠올리게 하는 여행이 두려운가요?

당신에게 필요할 때 5분간 안아줄 수 있는 사람이 있나요?

당신이 쓰는 로션의 예쁜 포장이 내용물보다 더 만족스러운 느낌을 줍니까?

천국이라고 불리는 곳이 사실은 지옥일까요?

세상이 아름다워 보이나요?

우리는 실수들을 미리 막아야 할까요?

당신은 사람들 앞에서 우는 척한 적이 있습니까?

누군가의 사생활을 은밀하게 혼자 볼 수 있다면 보겠습니까?

누군가를 정말 죽이고 싶은 적이 있었습니까?

다시 한 번 할까요?

당신은 다른 사람의 불행에 웃은 적이 있었습니까?

어젯밤, 잘 잤나요?

지금 당신의 파트너가 유일한 상대라고 진정으로 믿나요?

당신은 벙어리가 되고 싶었던 적이 있습니까?

비가 오면 당신은 기분이 좋습니까?

당신은 매일 섹스를 생각합니까?

당신은 살아 있다는 것을 이해하나요?

자연재해가 진정 신이 내린 벌이라고 믿습니까?

당신은 둘 이상의 이성을 동시에 사랑해본 적이 있습니까?

당신은 이제 괜찮나요?

자신이 80세까지 살 수 있다고 믿습니까?

당신은 동성애자가 아닌데도 동성을 가깝게 느껴본 적이 있나요?

지금 울고 싶나요?

우리에게 무공해 바이오 식품이 꼭 필요한가요?

인간에게 스스로 목숨을 끊거나 그 시기를 선택할 권리가 있나요?

다른 사람의 서랍 속을 열어본 적이 있습니까?

당신은 자신이 10년 전보다 더 성숙해졌다고 생각합니까?

당신은 어제 하늘을 한 번쯤 보았습니까?

사랑하는 사람이 몰래 다른 누군가를 사랑한 적이 있습니까?

당신은 누구에게 해가 되는 일을 한 번도 한 적이 없습니까?

당신은 당신을 믿습니까?

당신은 행복한 어린 시절을 보냈습니까?

혼자 있을 때 자신이 완전히 다른 사람인 것처럼 느껴지나요?

당신의 인생은 계획대로 진행되고 있습니까?

누군가의 물건을 훔쳐본 적이 있습니까?

당신에게는 미래가 과거보다 더 아름답게 보이나요?

누군가를 조건 없이 사랑할 수 있나요?

당신의 삶이 오늘 끝난다면 그것에 동의하겠습니까?

자신이 세상에 도움이 된다고 생각합니까?

당신이 살고 있는 바로 지금이 당신이 기대했던 것에 가까운가요?

당신은 부모님을 존경합니까?

이 퍼포먼스가 당신의 행동에 영향을 미칠까요?

바로 이 순간 행복하다고 느끼나요?

Kyungwoo Chun, *Most Beautiful*
Performance and Installation, 2016
MAC-VAL-musée d'art contemporain Val-de-Marne, Vitry-sur-Seine

Kyungwoo Chun, *Most Beautiful*
Performance and Installation, 2016
MAC-VAL-musée d'art contemporain Val-de-Marne, Vitry-sur-Seine

가장 아름다운

기억은 본 것에 대한 울림이다. 그리고 그 형상을 표현한다는 것은 기억을 구체화한다는 것이다. 파리의 근교 도시 비트리 Vitry-sur-Seine에서의 프로젝트를 위해 구상된 「Most Beautiful」은 거리의 환경미화원들과 함께 완성해나가는 '기억의 형상화' 과정을 담고 있다.

도시가 미처 깨어나기도 전인 어둑어둑한 새벽, 도심과 주택가를 다니며 쓰레기를 수거하는 오렌지색 유니폼의 환경미화원들은 이 작품의 참여자이자 공동 제작자로서의 역할을 부여받았다. 나는 이 지역에서 꼭 이들과 함께 프로젝트를 진행할 수 있기를 희망하였다. 유니폼과 기능성에 가려진 이들로 하여

금 자신들이 하는 일에 대한 새로운 인식을 스스로 발견하게
할 형식을 찾고자 하였다.

파리와 그 주변 도시의 공공장소에서 일하는 사람들의 피부
의 밝기는 도시의 밝기에 비례한다. 도시의 하루가 끝나갈 무
렵 밀려드는 어둠과 함께 어려운 노동 여건으로 바뀌어가면서
일하는 사람들의 피부색도 어두워진다. 새벽 여섯 시가 조금
못 된 비트리의 183번 버스에 가득 찬 사람들 중 많은 이들은
어딘가의 공공장소에서 교대근무를 하는 사람들이다. 포르트
드슈아지Porte de Choisy에서 저녁에 다시 마주친, 지친 몸으로 돌
아오는 이들이 어디에서 무얼 하다가 오는지 그리고 어떤 얼굴
들을 떠올리고 있는지 나는 묻고 싶어진다.

새 작업 구상을 위해 처음 이 지역을 방문하였을 때, 작업
실이 있는 미술관 앞 거리를 청소하며 이동하고 있는 한 환경
미화원을 눈치채지 못하도록 살피며 한동안 따라서 걸어보았
다. 그리고 며칠 후 프로젝트 팀의 도움을 받아 이들의 차를 함
께 타고 일하는 모습을 가까이서 관찰하며 색다른 새벽의 청소
차 골목 투어를 해보았다. 그러나 내가 주목한 것은 골목의 풍
경이 아니라 이들의 손, 장갑을 낀 손이었다. 날카로운 폐기물
로부터 손을 보호하기 위한 두툼한 보호장갑이나 방수장갑, 맨
살을 감싼 이 장갑들이 견디어야 할 무게와 균형은 그들이 잃

지 않아야 할 존엄을 지탱하고 보호하는 주름진 얼굴과도 같아 보였다. 나는 유니폼 뒤에 가려진 이들의 초상을 기록하고 싶었으며 이를 때 묻고 두꺼운 손으로부터 그리고 이들이 일하는 시간에 마음속으로 그리고 있는 보이지 않는 얼굴들로부터 찾고자 하였다.

우리는 시 당국의 책임자에게 편지를 띄웠다. 답장은 쉽게 오지 않았으나 나의 진심과 함께 무엇을 할지에 대한 생각들이 전달되어 이들의 마음속에 조그만 파장이 일어나기를 기대하였다. 그리고 몇 주 후 나를 초대해준 미술관의 큐레이터 발레리Valérie와 함께 도시의 청소 업무 책임자인 모리제D. Morizet 씨를 찾아가 설명하고 마음을 움직이려 시도하였다. 이야기를 하다 보니 나의 조그만 경험담도 들려주게 되었다.

오래전 작가 지망생 시절, 독일의 공항에서 경비원으로 일하며 매일 새벽 교대근무를 위해 자전거를 타고 달려가 회색 유니폼으로 갈아입었었다. 차가운 새벽 공기를 가르며 혼자서 무슨 힘으로 어둠 속을 그리 달려갔던가. 감정을 드러내지 않고 홀로 일해야 하는 규정과 함께 긴 시간 동안 나의 마음을 따뜻하게 채우고 있던 얼굴들을 다시 그려본다. 이때부터 나는 어느 공항을 가든지 유니폼을 입고 마치 로봇같이 일하는 이들을 왠지 동료처럼 느끼고 어떤 때는 이들의 힘을 지켜주는 누군가

Kyungwoo Chun, *Most Beautiful*
Performance and Installation, 2016
MAC-VAL-musée d'art contemporain Val-de-Marne, Vitry-sur-Seine

의 얼굴이 보이는 것 같기도 하였다.

프로젝트가 시작되었다. 대다수가 이민자 출신인 비트리의 환경미화원들은 일과를 마친 후 우리가 준비해둔 자리에 차분히 앉았다. 그리고 도화지 위에 자신이 새벽 거리에서 청소를 하면서 떠올리는 '세상에서 가장 보고 싶은 사람의 얼굴'을 연필로 그려줄 것을 제안받았다. 우리는 눈을 감고 그릴 것과 이 얼굴은 구체적인 한 사람의 것이어야 함을 명시하였다. 조금씩 참가를 희망해온 남자들은 "나는 그림을 잘 못 그립니다"라며 부끄러워하는 말로 인사하였고 나는 "그림은 눈을 감았을 때에만 그릴 수 있습니다. 그러니 잘 못 그린 얼굴은 없습니다"라고 대답하며 누구도 그림을 평가하지 않을 것임을 약속하였다. 그리운 사람의 얼굴을 제대로 그려내지 못할 것에 대한 걱정은, 아무도 잘 그릴 수 없을 것이며 그림은 익명으로 남겨질 것이라는 안내로 위안받았다. 다행스러운 것은 눈을 감으면 보이는 형상들은 눈을 뜨면 더 이상 보이지 않는다는 사실이다.

작은 체구의 알제리 출신 남자는 "저…… 혹시 죽은 사람의 얼굴을 그려도 되나요?" 하고 질문해왔다. "예, 그럼요." 우리는 이 중년의 남자에게 경건함에 가까운 차분한 분위기를 만들어주고 그의 그림이 끝날 때까지 조용히 밖에서 기다렸다. 오랜 시간 연필을 손에 쥐고 고개를 숙인 채 눈만 감고 한참 동안 앉아

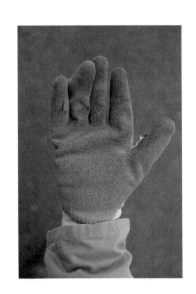

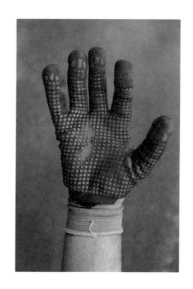

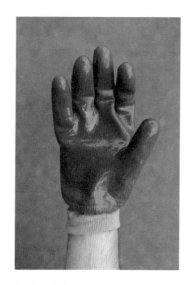

Kyungwoo Chun, *Most Beautiful*
Performance and Installation, 2016
MAC-VAL-musée d'art contemporain Val-de-Marne, Vitry-sur-Seine

있던 사람, 30분이 다 되도록 한 여인의 얼굴을 마치 머리카락 한 올까지 다 그리려는 듯 머물렀던 사람, 고향에 계신 어머니의 얼굴을 그리려 애쓰던 청년 등 49명의 참가자들은 부재不在하는 실재實在 사람들의 얼굴을 꺼내놓았다.

계절이 바뀌어 봄이 찾아왔을 때 프로젝트는 완성되었고 나는 이들 모두를 전시의 오프닝에 초대하였다. 그리고 자신들의 두꺼운 손과 함께 동료들과 자신의 그 '가장 아름다운Most Beautiful' 얼굴들을 마주하게 하였다. 이름이 적혀 있지 않은 얼굴과 동료의 손이 담긴 프린트를 무작위로 모두에게 한 점씩 선물하였다.

효용성이라면 숭배에 가까운 인식을 보여주는 이 시대의 흐름은 우리를 더 행복하게 하려 하는가? 무언가 낭만이 느껴지기까지 하던 도시의 환경미화원들은 이제 머지않아 기계장치들로 대치될 것이며 이 완벽한 인공지능을 장착한 기계들이 품은 얼굴들을 우리는 궁금해하지 않을 것이다.

Kyungwoo Chun, *Being a Queen*
Exhibition view, 2009
Kusthal Aarhus, Aarhus

Kyungwoo Chun, *Being a Queen* #9, 2007
Chromogenic print, 140×105cm

BEING A QUEEN

인간의 가장 역설적인 운명은 아마도 자기 자신의 얼굴을 직접 볼 수 없다는 사실일 것이다. 거울을 보는 행위나 타인에게서 자신의 모습을 감지하려는 무의식적인 일상의 시간들은 그 역설의 균형을 찾기 위한, 그리고 자신과의 대화를 끊임없이 시도하는 일이기도 하다.

전시회와 친구를 방문하기 위해 코펜하겐Copenhagen을 자주 찾곤 했는데, 도시의 풍경 곳곳과 사람들의 대화에서 지속적으로 등장하는 마르그레테 2세Margrethe II 여왕은 경호원 없이 재래시장을 거닐거나 보통 사람의 차림으로 대중교통을 이용해 사람들을 만나는 모습으로도 유명했다. 무엇보다 스칸디나비아 여성들 중 덴마크 여성의 흡연율이 월등히 높은 이유가 이 매력적인 여왕의 담배 피우는 모습 때문일 거라는 둥 이런저런 작은 이야기들이 이들의 일상 속 중심을 이루고 있는 것이 참 신기하게 여겨졌다. 특히, 매년 새해 아침 많은 시민들이 어머니 같은 그녀의 신년사를 방송으로 들으며 한 해를 시작하는 모습은 매우 인상적이었다. 코펜하겐 기차역에 도착하면 친구가 스쿠터를 타고 마중 나오곤 했는데 그의 아버지가 오랜 기간 여왕을 보좌하는 일을 했던 덕에 왕가의 뒷이야기들을 적잖이 접할 수 있었다. 이것은 작업 노트로 쌓여 언젠가 실현되어야 할 하나의 프로젝트로 무르익어갔다.

5년여가 흘러 이 필연적 만남은 드디어 덴마크 문화부의 아티스트 초청 프로그램 선정을 통해 실현 가능하게 되었고, 나는 오르후스Aarhus와 코펜하겐 두 도시에 스튜디오를 마련하였다. 작업을 하는 동안의 축복 중 하나는 주제에 따라서 리서치와 다른 분야의 전문가들과의 협업으로 얻은 새로운 경험과 지식들인데, 북유럽사에 심취해 있던 이 시기에는 어릴 적 읽었던 안데르센 동화책 속의 등장인물들과 오덴세Odense 거리의 풍경들이 뒤섞인 꿈을 꾸기도 하였다.

19세기 사진의 발명 이후, 군주가 된다는 것은 관광엽서에 얼굴이 인쇄돼 팔려나가거나 손바닥만 한 크기의 초상 사진이

Kyungwoo Chun, *Being a Queen*, 2007

디지털 이미지로 끝없이 복제되어 시민들의 무의식중에 은밀하게 각인되는 일이기도 하였다. 조선시대 말, 왕의 얼굴이 처음으로 촬영되어 암암리에 퍼져나갔던 고종高宗의 작은 초상 사진은 역사의 위태로움 속에서 백성들의 정체성을 깊이 일깨워주기도 하였다.

프로젝트 「Being a Queen」을 위해 실행한 첫 번째 일은 신문과 유관 기관의 홈페이지에 참여자 모집 광고를 내는 것이었다. 광고에는 "자신이 여왕과 (외모나 성품이) 닮았다고 믿는 사람들은 누구든 참여할 수 있으니 연락을 주십시오"라는 문구가 쓰였다. 나는 처음부터 작가의 미적 기준으로 모델을 선택하는 사진의 전형적 속성을 배제하고자 했기에 외모와 상관없이 주어진 조건을 선택해 연락해오는 누구라도 받아들일 작정이었다. 우리는 생각의 조우를 시도한 것이다. 얼마 지나지 않아 35명의 지원자들이 프로젝트에 참여하고 싶다는 편지를 보내왔고 나는 그들을 한 명씩 차분히 만나보았다. 두 시간 동안 기차를 타고 찾아온 60대 여성 마야Maja부터 직장에 휴가를 내고 달려온 검은 머리의 예테Jette, 용기를 내어 찾아온 50대 남성 닐스 페터Nils Peter 등이 차례로 약속 장소에 나타났다. 우리의 진정성을 확인하는 과정인 이 첫 인터뷰를 시작으로 사진을 위한 작업이 본격적으로 진행되었다.

(위) Kyungwoo Chun, *Being a Queen*, 2007
Participants, Galleri Image, Aarhus

(아래) Kyungwoo Chun, *Being a Queen*
Video installation, the Museum of Photography Seoul, 2010

Kyungwoo Chun, *Being a Queen* #3, 2007
Chromogenic Print, 150×115cm

첫 만남에서 흥미로웠던 것은 나와 스태프들 모두 이들이 특별하게 마르그레테 2세 여왕과 닮은 외모를 가지고 있지는 않다고 느꼈다는 점이었다. 하지만 한 여인은 본인이 여왕의 외모와 너무 닮았다고 믿은 나머지 자신의 얼굴을 모자로 가리고 다니기까지 하였다. 우리는 사료를 바탕으로 마르그레테 2세의 메달과 여왕의 상징이자 그녀가 실제 착용했던 푸른색 드레스, 장신구들을 여러 전문가들과 DR2국영방송국을 통해 수소문하여 준비하였다. 왕가의 메달과 코끼리 장신구는 심지어 모조품 제작이 금지될 정도로 근엄한 것이었다.

스튜디오에서 참가자들을 한 명씩 기다리는 시간은 여느 때의 촬영과는 조금 다르게 느껴졌다. 왠지 문 앞에 근위병 같은 스태프가 한 명 더 필요할 것 같기도 하였다. 처음 현관문으로 들어오는 그들의 자태는 무언가 문밖에서와는 다른 사람으로 변신하는 모습처럼 보이기도 하였다. 의상을 갈아입고 차분히 의자에 앉은 이들은 자신의 나이를 인물 사진 한 장의 노출 시간(分)으로 삼을 것에 동의하였으며 각자 자신의 나이에 따라 18분에서 77분까지 한 장의 사진을 위해 그대로 앉아 있어야 했다. 이 일은 사전에 협의를 통한 지극히 의도적인 과정이었으며 모두에게 '자신이 여왕과 닮은 이유를 설명해달라'는 질문이 주어졌다. 그리고 이 질문에 답하는 동안 하나의 얼굴이 스스로에 의해 서서히 그려져갔다. 옷을 갈아입거나 잠시 대기하는 동안 그들의 얼굴은 마치 진짜 여왕이라도 된 듯이 설레는 표정이 역력하였다. 그러나 촬영과 함께 자신의 진지하고 사적인 이유들을 이야기하기 시작하자 어느새 이 낯선 차림은 잊힌 듯했다. 한 30대 여성은 증오하던 자신의 아버지 이야기까지도 여왕의 힘을 빌린 듯이 내게 솔직히 들려주었다.

평범하지 않은 이 작업 시간은 여왕 스스로 전통적 코르셋에 갇혀 있으면서 느끼는 역할로부터 벗어나고픈 충동의 이면일지도 모른다. 스튜디오 바깥의 세상에서 요구되는 사회규범, 의무와 기대로부터 일시적으로 해방된 이들은 나의 질문에 처음 몇 분간은 자신이 여왕과 얼마나 닮았는지를 상세히 설명하는가 싶다가도 어느새 각자가 살아온 세월만큼 꺼내놓은 자신의 이야기로 대부분의 시간을 채워갔다.

한 장의 사진을 위한 이 의식儀式적인 행위는 저급한 미디어 시대의 구시대 군주제에 속한 인물의 실체를 담기 위한 것이 아니다. 이 시간에서 중요한 것은 이들이 설명하는 닮음의 이유가 아니라 닮음이 있다고 믿는 그 자체이며, 이 미묘한 불일치의 시간 속에서 드러나는 자화상이다. 카메라 앞에 앉은 사람들에게 나는 다음과 같은 말을 먼저 들려주곤 한다. "당신은 지금 카메라 앞에 앉아 있는 게 아니라 자기 자신 앞에 앉아 있는 것입니다."

Kyungwoo Chun, *The Weight of Pain*
Performance and installation, 2013
Haein Art Project, Haeinsa Temple, Namwon

Kyungwoo Chun, *The Weight of Pain*
Performance and installation, 2008
Centro de Arte Contemporáneo Huarte, Huarte

고통의 무게

고통을 느끼는 일이 행복일 수 있을까? 스위스의 한 중년 남성이 오토바이 사고로 뇌 손상을 입어 아무런 육체적 고통과 정서적 공감을 느낄 수 없게 됐다는 신문기사를 읽은 적 있다. 놀랍게도 그는 고통을 느끼지 못함을 매우 불행히 생각하며 무표정하게 살아가고 있었다.

「The Weight of Pain(고통의 무게)」은 스페인 북부와 한국에서 실현된 퍼포먼스와 설치를 위한 프로젝트이다. 오랫동안 내재되어 꿈틀거리던 생각이 여행을 통해서 구체화되었는데 어쩌면 이방인이 갖는 일종의 면책권 같은 무지함이 용기의 발단이었을지도 모른다.

헤밍웨이의 소설 『해는 또다시 떠오른다』에 등장하면서 유명해진 스페인 나바라Navarra주의 팜플로나Pamplona에 도착해 오랜 기독교 전통 축제인 산페르민San Fermín을 둘러보고자 하였다. 동행한 갤러리스트 크리스티나Cristina가 준비해 올 것을 당부했던 흰색 옷으로 갈아입은 나는 어느새 시청 앞 광장의 붉은 스카프를 높이 펼쳐 보이며 열광하는 사람들 사이에서 며칠을 보내고 있었다. 순교자와 붉은 스카프, 피 흘리는 투우와 더불어 이웃 바스크 지방의 독립운동가들과 오랜 시간 유혈 갈등을 빚어온 이 지역 사람들의 숨겨진 상처들이 축제의 순결한 백색 군중들과 중첩돼 보이게 하는 듯하였다.

새로 개관한 이 지역 현대미술관의 초청으로 이곳을 방문한 나는 불과 며칠 전 중국 허난성河南省의 학교에서 만났던 사회주의 전통의 붉은 스카프를 목에 두른 학생들의 모습과 거의 동일한 이곳 축제 속 사람들의 모습에서 묘한 느낌을 감지하였다. 서로 다른 이유로 목에 붉은 천을 두른 그들의 모습은 무거움과 가벼움의 이항대립처럼 다가왔다. 몇 달 후 나는 이 스카프를 작업의 기본 도구로 사용하고자 하였고 색이나 형태의 상징성은 각자의 해석에 맡기기로 하였다. 동일한 작업을 각기 다른 지역에서 시도하는 이유는 공간적·역사적 맥락에 따른, 개인의 고유성을 통해 드러나는 작품의 유기적 변화의 가

Kyungwoo Chun, *The Weight of Pain*
Performance and installation, 2013
Haein Art Project, Haeinsa Temple, Namwon

Kyungwoo Chun, *The Weight of Pain*
Performance and installation, 2013
Haein Art Project, Haeinsa Temple, Namwon

능성을 발견하고자 함이기도 하다. 나는 무거움을 담아줄 가벼운 재료를 찾고자 고심하였고 스카프와 동일한 색상과 크기의 보자기를 제작하여 시민들을 작품의 참여자로 초대하였다. 그리고 이성적 답변이 가능하지도 않고 건네기에도 조심스러운, 터무니없는 요청을 다음과 같이 시도하였다. "당신이 생각하는 고통의 무게만큼의 돌을 모아 보자기에 담아주십시오."

과연 고통의 무게를 측정할 수 있을까? 측정할 수 없는 것을 측정하려는 시도는 해석의 자유로움과 동시에 깊은 고민을 하게 한다. 사람들은 자신의 이름과 출생지, 생년월일이 적힌 보자기에 돌을 담아 가져왔으며 우리는 전시장 바닥에 모를 심듯 보자기 꾸러미들을 하나씩 내려놓았다. 축제에서 크리스티나의 만류와 부상의 위험에도 불구하고 열광하는 사람들의 실제감을 조금이라도 느껴보기 위해 투우 달리기에 뛰어들었던 이른 아침, 나는 무사했지만 그날 저녁 뉴스 방송으로 오늘 내가 잠시 달렸던 거리에서 7명의 사상자가 발생했다는 소식을 접하였다. 다음 날 아침 일찍, 투우를 구경하기 위해 모여드는 군중들 사이를 빠져나와 작은 골목 빼곡히 줄을 선 꼬마와 노인들 사이에 자리를 잡았다. 그리고 거대한 인형들로 연출되는 수호성인 성페르민의 행렬을 주문에 걸린 어린아이처럼 성당까지 따라가며 지켜보았다.

Kyungwoo Chun, *The Weight of Pain*
Performance and installation, 2013
Haein Art Project, Haeinsa Temple, Namwon

나는 이 프로젝트를 진행하던 중 빌바오Bilbao의 일간지 『베리아Beria』 기자로부터 인터뷰 요청을 받았다. "당신은 왜 고통 받는 것에 관심을 갖는가? 당신의 작업은 전반적으로 불교로부터 영향을 받았는가?" 나의 대답은 이러했다. "아마도 나는 사람들이 서로를 또는 자신을 비추어 보는 모습에 관심이 더 많은 것 같다. 우리가 얼마나 많은 고통을 가지고 있는지를 묻는 것은 스스로 얼마나 행복한지를 묻는 물음과 같을 것이다."

그리고 몇 년 후 약속이라도 돼 있던 것처럼 합천 해인사에서 이루어진 아트 프로젝트에 참여하게 되었다. 나는 이 부끄러운 답변을 스스로 되새겨보고자 이 작업을 다시 실현하기를 결정하였고 경내 가장 큰 공간인 대적광전大寂光殿 앞마당을 설치 장소로 정하였다. 나의 의도와는 상관없이 돌을 담아 묶어 놓은 보자기가 마치 연꽃 모양 같다고 좋아하시던 큰스님 덕일까. 유서 깊은 이 큰 절의 가장 큰 마당에 아직 만나지 못한 사람들의 무거운 고통의 덩어리들을 모아보기로 하였다. 우리는 산으로 향하는 길목에 작업 공간을 마련하고 사람들이 즉흥적으로 참여할 수 있게 준비하였다. 먼저 동대문시장에서 돌을 잘 감쌀 수 있고 빗물에도 견디는 특수 천을 제작하였고, 퍼포먼스를 위한 돌을 사 오는 손쉬운 방법 대신 사찰 주변의 돌을 모아 참여자들에게 제공하였다. 그 대가로 조수들과 함께 매일 아침 자루를 등에 메고 돌을 찾아 산을 헤매는 울력 같은 노동이 수반되었다. 누군가 쌓아놓은 돌에는 손대지 않기로 하였기에 조심스레 돌을 모으는 일은 마치 감자를 캐는 일과도 비슷하였다.

본격적으로 퍼포먼스를 진행하면서 예상보다 많은 이들이 참여를 원하여 어느덧 1460명의 고통이 가득한 무거운 돌무더기들이 모아졌다. 한 군데 펼쳐서 설치하니 물 위에 떠 있듯 가볍고 아름다운 꽃밭 같은 광경이 되었다. 우리는 2개월간의 설치 기간 후 모든 돌들을 주변의 산에 되돌려놓았다.

고통은 치유라는 비전을 암시하기 때문일까. 이 무거운 요청을 이상하게도 아주 많은 사람들이 반가워하였고 이런 질문을 한 사람도 있었다. "내 아들 꺼도 여따가 같이 쓰면 안 되나? 내 아들놈 내 남편 꺼 다 모아서 내 고통이 되제." 몇 년 전 인터뷰의 내용이 다시금 떠올랐다. 분명 사람들은 '고통'과 '고통으로부터의 해방-행복'을 동일시하는 듯 보였다. 한번은 아내의 몫까지 자신이 꼭 하고 싶다고 요청하는 한 남자에게 대답해주었다. "선생님이 아내분의 고통의 크기를 가늠하실 수 있다면 하셔도 좋습니다." 그리고 나는 자리를 떠났다.

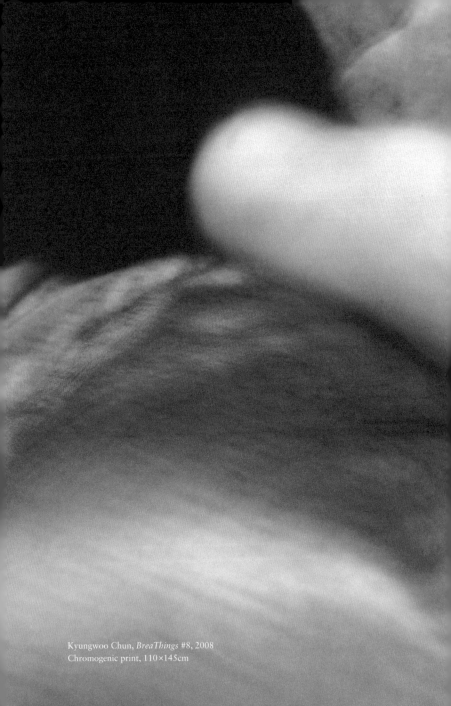

Kyungwoo Chun, *BreaThings* #8, 2008
Chromogenic print, 110×145cm

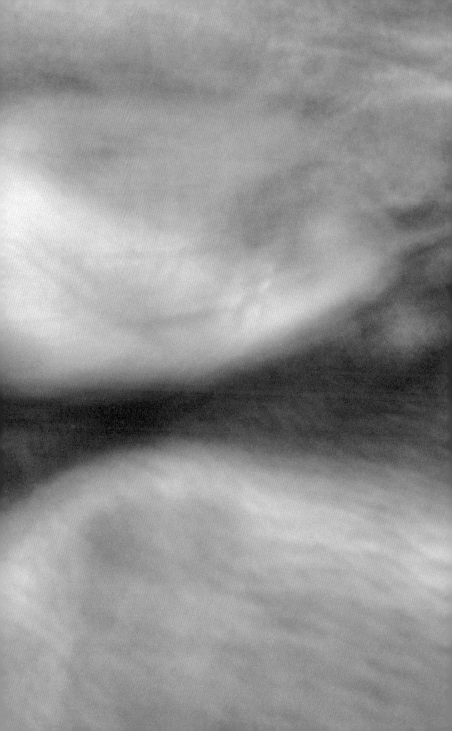

Kyungwoo Chun, *BreaThings* #6, 2008
Chromogenic print, 130×100cm

BreaThings

 사물의 본질은 그 자체에 있는 것이 아니다. 지금 사물을 바라보는 우리의 상태에 있는 것이다. 21세기의 시작과 함께 불쑥 우리의 세계에 등장한 스마트하고 전능한 기기는 사물들의 실재를 손바닥만 한 유리판 뒤의 이미지로 모조리 몰아넣었고 동시에 우리들의 지각의 촉수를 조금씩 무뎌지게 하고 있다. 냄새를 맡을 수도 없으며 스치는 소리도, 손끝의 감촉도 느낄 수 없는 이 유용한 연결connection의 길들은 소통communication과는 상관없이 점점 더 일상의 영역을 침범하고 지배하려 든다. 한 장의 사진은 더 이상 종이로서 만져질 수조차 없게 되었으며 '낡은 사진'의 추억은 이제 가능하지 않은 구시대의 멜랑콜리

(위) Kyungwoo Chun, *BreaThings* #2, 2008
Chromogenic print, 90×120cm

(아래) Kyungwoo Chun, *BreaThings*, 2009
Exhibition view, Bernhard Knaus Fine Art, Frankfurt am Main

가 되었다. 또한 숫자의 조합으로 데이터화된 이미지들은 더 이상 낡거나 사라지지 않는다. 소멸될 수 없음은 영원함일까? 나는 사람과 가까이서 오랜 시간을 함께하며 조금씩 변해가는, 한 인물과 특별한 인연을 맺어온 오브제들을 만나고자 하였다. 이를 '보기'가 아닌 '만남'으로 규정한 것은 사물들과 연결되어 있는 인물들을 만나게 되기를 기대했기 때문이다. 나는 이 연결된 사물들을 바라보는 시간이 인간으로 하여금 자신과 자신을 둘러싼 세계의 관계를 가늠해볼 수 있는 시간으로서의 농도를 갖기를 희망하며 'BreaTings'라는 제목의 사진 연작을 시작하였다.

광화문 일대를 배회하던 고교 시절, 어머니는 새벽에 전등을 켜놓은 채 잠들어 있는 내 방을 잠시 들여다보며 "너는 꼭 너 닮은 물건들만 주워 모으는구나" 하곤 하셨다. 정말이지 내 손에 이끌려 내 방 안에 모인 물건들은 신기하게도 나를 닮은 듯하였다. 내가 앤티크 가게와 벼룩시장을 습관처럼 기웃거리는 이유는 나보다 오래 세상을 지내온 물건들에 대한 호기심 때문이기도 하지만 분명 한때 귀한 자리를 차지하고 누군가의 손에서 함께 세월을 보냈을 것이라는 믿음에서 오는, 그래서 주인의 부재가 각인되는 애틋한 파장 때문이기도 하다. 나는 오래된 물건에 자꾸만 마음이 간다.

살아 있는 존재로서 바라보는 모든 침묵하는 사물들은 마치

숨을 쉬고 있는 듯하다. 그리고 나는 사진 안에서 이런 것이 조금씩 드러나기를 바라는지 모른다. 사진 연작 「BreaThings」는 수많은 새벽을 사물들과 대화하며 맞았던 브레멘Bremen의 베저강Weser 가 작업실에서 대부분 구상되었다. 나는 '카메라(이미지를 만드는 도구)'의 역할을 오브제를 손에 든 한 사람의 '몸'이 대신하도록 하였고 사물과 함께 밀착되어 그 사람의 '숨쉬기'로 인해 일어나는 움직임이 긴 시간 동안 하나의 이미지로 쌓이도록 하였다. 여기서 앞에 고정된 카메라는 이 형상을 서서히 비추어 새겨내는 하나의 거울로서의 역할을 할 뿐이다. 이 거울 안에서 사물thing과 사람breathing이 하나의 공간과 시간의 덩어리처럼 일체화되어간다.

기다림 끝에 작업실에서 만난 사람들이 귀하게 가지고 온 물건들은 하나같이 고유한 이야기가 담겨 있었다. 자신이 첫 걸음마를 할 때 부모님이 만들어주신 낡은 초록색 의자, 매일 아침 식탁 위를 지켜온 꽃병, 올림픽에 참가했던 할아버지의 트로피, 처음으로 가져본 한 남자 어른의 장난감 자동차 등 타인에게는 보이지 않는 오로지 둘만의 비밀 같은 것들이었으며 이들은 작업실로 찾아와 자신이 원하는 시간만큼 물건과 몸이 연결된 채 고정된 카메라와 마주하였다. 그리고 침묵이 흐르는 동안 미세한 숨의 떨림은 손에 들려진 이 물건들을 움직이게

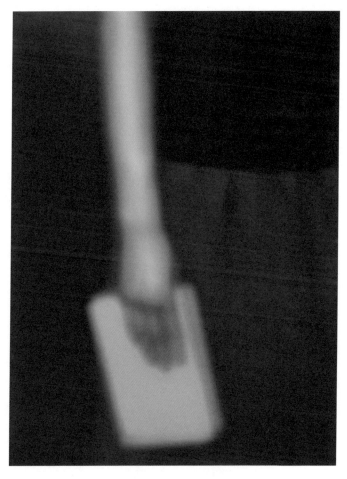

Kyungwoo Chun, *BreaThings* #1, 2008
Chromogenic print, 89×120cm

Kyungwoo Chun, *BreaThings*
Performance, 2012
basis e.v. produktions-und ausstellungsplattform, Frankfurt am Main

하였다. 사물이 침묵한다고 숨 쉬지 않는 것은 아닐 터이다. 막스 피카르트Max Picard는 침묵Schweigen은 말하기를 멈춤으로써 시작되지만 말하기의 그침 때문에 침묵이 새로이 시작되는 것은 아니며 비로소 분명해질 뿐이라고 하였다. 말이 존재하는 곳에 항상 침묵이 존재하듯이 사진 속 사물은 누군가의 맥박의 움직임으로 존재가 드러나지만 몸의 접촉 없이도 불러주는 누군가의 존재와 더불어 항상 숨을 쉬고 있는 것이다. 한 여인의 손에 쥐어진 책 한 권은 눈앞에 보이는 모습이 있지만 그 책을 바라보는 우리의 의식적인 시각은 보이지 않는 영역을 가능하게 해준다. 즉, 이 책의 존재는 기록에 의해서가 아니라 책과 한 사람의 관계를 내가 지각할 수 있다는 사실에 달려 있다.

몇 년 후 여러 장소에서 시작된 이 사진 연작과 같은 제목의 퍼포먼스 「BreaThings」에는 10여 명의 사람들이 참가하였다. 우리는 찻잔을 공통된 행위의 매개체로 정하였고 나는 약속된 행위가 시작되기 전 매번 한 명 한 명에게 따뜻한 차를 따라 주었다. 주어진 공간에서 각기 다른 방향에서 마주한 모든 이들은 손에 찻잔을 들고 맞은편의 한 사람에게로 눈을 감은 채 한 걸음씩 천천히 조심스레 다가간다. 손에 든 찻잔, 그 안에서 찰랑이는 차의 향기를 느끼되 굳이 평형을 유지하도록 당부하지 않아도 된다. 조심스러운 한 걸음은 각자에게 주어진 시간의 리듬과도 같이 한 번의 숨 멈추기를 마친 후에야 비로소 내디딜 수 있다. 한 번의 숨은 한 걸음이다. 그리고 모두가 동시에, 그러나 각기 다른 속도와 방향으로 결코 도달할 수 없는 목표를 향해 한 걸음씩 다가간다. 설령 도착점에 그 사람이 이미 없고 도중에 잔이 부딪쳐 바닥에 떨어져도 동요함 없이……

Kyungwoo Chun, *Place of Place*
Installation view, 2014
Rathaus Goeppingen, Goeppingen

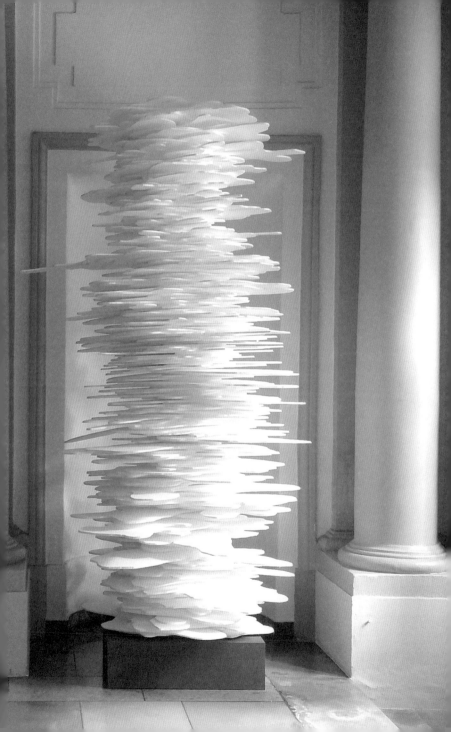

Kyungwoo Chun, *Place of Place*
Performance, 2014
Kunsthalle Goeppingen, Goeppingen

PLACE OF PLACE

새로운 도시에 가면 나는 늘 좋은 지도를 하나 구입하는 작은 설렘을 즐기곤 한다. 특히 도시가 한눈에 담기는 한 장짜리 지도는 처음 만나는 사람의 얼굴을 온전히 보고 싶은 마음과도 비슷하다. 지도를 따라 걷다 보면 때로는 그 얼굴의 주름 위를 걷고 있는 것 같았다.

「Place of Place」는 우리가 지금 살고 있는 곳, '여기'에 관한 공공미술 프로젝트이다. 무언가 드러나기를 믿는 그림자의 실체를 찾아가는 또 하나의 질문인 것이다. 한 도시의 경계는 일상에서 보이지는 않지만 공간에 질서를 부여하며 차별화를 통해 안정감을 준다. 그러나 나는 길을 걷다가 땅바닥을 바라보

Kyungwoo Chun, *Place of Place*, 2014
Kunsthalle Goeppingen, Goeppingen

며 '우리는 지금 진정 어디에 살고 있는가'를 자문하곤 한다. 전시를 위해서 머물렀던 독일의 중부 도시 괴핑엔Goeppingen의 미술관장이자 이 프로젝트의 큐레이터인 베르너 마이어Werner Meyer는 도시 곳곳을 안내해주며 그 역사와 일상의 이야기를 들려주었다. 비단 중세 종교개혁의 소용돌이 속에서 벌어진 이곳의 민중항쟁인 농민전쟁Bauernkrieg(1524-1525)의 뼈아픈 상흔이 아니더라도 사람의 자취가 있는 곳이면 어디든 그들에겐 기억되고픈 절실한 개인의 역사가 있는 법이다. 하루는 이 지역의 가장 높은 산봉우리 성터 호엔슈타우펜Hohenstaufen을 향한 순례자들Pilger의 길에 몸을 맡겨보았다. 그리고 베르너와 함께 땅이 주는 동질감에 대한 생각들을 나누었다. 소소한 기억의 장소들은 흩어지고 미디어 속 세계에서 떠도는 타인의 삶, 가상의 공간을 배회하는 시간이 우리에게 점점 늘어간다. 동일한 시대, 장소에서 생활하는 사람들일지라도 각자의 내면과 시간 속으로 우리는 매일같이 움직인다. 그리고 자신이 인식하는 대로 스스로가 속한 공간 고유의 그림을 담고 살아간다.

호엔슈타우펜에서 내려온 지 2년 후, 마치 그때의 전시 제목('Response', 응답)과도 같이 나의 고민들에 대한 '응답'을 원한다는 소식이 괴핑엔으로부터 날아왔다. 독일의 다른 여러 도시들처럼 수십 년간 곳곳에 많은 작가들과 크고 견고한 조형물들을 완성시켜온 이 도시의 공공미술관이 내게 작품을 의뢰해 왔을 때 제시한 조건은 어떠한 작품도 좋으나 '남아 있지 않고 사라질 공공미술 작품'을 제작해달라는 것이었다. '사라질'이라는 비조형적으로 들리는 말은 내가 그간 제안받았던 조건 중 가장 매력적인 것이었으며 그들은 무언가 초연한 듯한 여유로움까지 보여주었다. 아니, 많은 예산을 들여서 제작할 작품이 사라지길 바란다니……. 다행스러운 것은 공공미술의 개념이 '장소'의 개념에서 '시간'의 개념으로 변해간다는 점이다.

도시의 시민들과 함께 협력하여 이루어지는 「Place of Place」는 세계화로 인해 점점 더 유사해지는 이상향의 장소가 아닌 우리가 발 딛고 살아가는, 그 소리와 공기에 영향받아 기억을 만들며 살아가는 장소의 반추反芻이다. 괴핑엔에 사는 익명의 300명이 자신의 도시를 즉흥적으로 그리는 퍼포먼스의 과정과 그것의 물리적 귀결로 자연스레 형성되는 조형물로써 프로젝트는 완성된다. 이 도시 곳곳의 거리, 공공건물 등에서 자발적으로 참여한 사람들에게 자신이 생각하는 도시의 윤곽Umriss을 하나의 선으로 그린 후, 그 안에 자신에게 특별하고 사적인 기억이 남아 있는 공간의 위치를 표시해달라고 요청하였다. 늘 그래왔듯이 나는 이 고되고 낯선 일을 함께 수행할 고마운 스태프들의 마음을 제일 먼저 움직이고자 하였다. 준비된 인원에

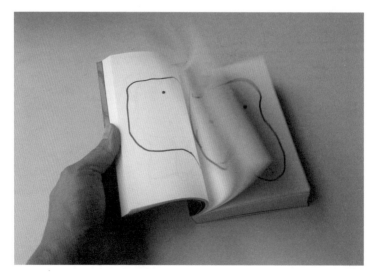

Kyungwoo Chun, *Place of Place*
Installation view, 2014
Rathaus Goeppingen, Goeppingen

Kyungwoo Chun, *Place of Place*
Installation view, 2014
Musin Art Museum, Changwon

Kyungwoo Chun, *Place of Place*
Changwon Sculpture Biennale 2014, Changwon

지원자들도 함께 모였는데, 자신의 오래된 약국을 휴업까지 하고 나서준 열정적인 자원봉사자 카티아Katia와 더불어 여러 그룹으로 나뉜 스태프들은 지금부터 마주할 수백 개의 지도를 찾아서 거리로 나갔다.

이 더운 여름, 우리가 거리로 향한 이유는 보다 일상의 순간에 가까이 다가가기 위함이었다. 사람들은 익명이라는 자유로운 조건 아래 있었지만 자신이 평생을 살아온, 혹은 매일 아침 눈을 떠 일터로 향하는 공간의 형태를 실제로는 거의 모른다는 사실에 당황스러워하는 눈치가 역력하였다. 지리 공부를 마친 지 얼마 되지 않은 학생부터 일생을 이곳에서 보낸 노인에 이르기까지, 자신이 사는 도시의 얼굴을 잘 모르는 것을 부끄러워하는 모습이 대부분이었으나 이는 지극히 인간적이고 자연스러운 일일 뿐이다. 손끝은 진지하게 도시의 모습을 그렸을 것이고 잠시 생각에 잠긴 후 남겨둔 하나의 점(장소)은 아마도 누군가가 태어난 곳이거나 사랑하는 연인에게 처음 고백한 장소임에 분명할 것이다.

우리는 작은 종이 한 장 위에 수집된 그림을 큰 입체로 옮긴 뒤 시민들이 정해준 그들 인생의 구심점들을 연결 고리 삼아 그 입체들을 하나씩 조심스레 쌓아 올렸다. 그리고 거리의 청소년부터 도시의 시장市長까지 작품의 일부가 된 모든 참여자들은 어느 날 도시 중심가에 세워진 거대한 자신들의 조형물을 발견하게 된다. 이 과정에서 사실적인 지도의 윤곽은 기대되지 않으며 그들에게서 나온 단순한 선과 점으로 이루어진 형태만이 남겨진다. 이들이 남긴 자신만의 도시 모습은 '일치되지 않은 조화'의 복합체Komplex로서 하나의 추상적인 형태를 띤 채로 그들의 터전에 전시 기간 동안 설치되었다. 작업 과정의 모든 것은 인공적이지만, 작가가 아닌 보통 사람들의 기억과 손의 통로로 합체되어 탄생한 하나의 생명체와도 같은 자연스러움이 다행스럽다.

같은 해 여름, 나는 또 다른 전시 프로젝트가 이루어지는 한국의 한 도시와도 어느새 선명한 연결 고리를 발견하였고 다시 힘을 추슬러 괴핑엔을 떠나 한국의 남쪽 도시 창원으로 출발하였다. 갑작스레 세 개의 도시가 통합되어 정체성의 혼돈을 겪고 있던 이 지구 반대편 도시에서 우리는 부림시장을 시작으로 세 개의 구 지역(창원, 마산, 진해)을 두루 돌아다니며 그들의 마음속에 담긴 각자의 도시의 모습들을 또다시 모으기 시작하였다.

괴핑엔과 창원, 이 두 도시 600명의 시민들의 '기억', '여기'로부터 태어난 두 가지의 조형물은 정해진 몇 개월간의 설치 기간이 지난 후 약속했던 같은 날 파괴되었다.

새로운 기억과 생성의 자리를 위해.

Kyungwoo Chun, *Appearance*
Performance, Gaain Gallery, Seoul, 2013

Kyungwoo Chun, *Appearance*
Performance, Gaain Gallery, Seoul, 2013

APPEARANCE

누군가 나에게 '아름다움은 존재하지 않는다. 오로지 아름다운 순간, 아름다운 기억만이 존재한다'고 하였다. 어느 초가을 날, 사과를 먹는 꼬마 아이를 놀이터에서 한참 동안 바라본 기억이 있다. 다른 어떤 것도 쳐다보지 않고 오로지 자신의 손에 든 빨간 사과 하나만을 요리조리 돌려 보며 맛을 음미하는 몰입의 행복과 함께 사과가 조금씩 줄어듦에 대한 안타까움으로 변해가는 아이의 얼굴은 진정 아름다웠다.

내가 여행 가방 안에 사과 한 알을 넣고 다니는 이유는, 그 신선함과 수분으로 시장기까지 달래주는 이 열매가 나를 실망시키는 법이 없어서이기도 하지만 매번 그 모양과 맛이 다르기 때문이기도 하다. 여행에서 돌아온 어느 날, 작업실 창가 테이블에 올려두고 잊고 있던 사과 하나가 이미 상해버린 것을 발견하였다. 나는 왠지 가책이 느껴지는 마음에 이 쪼그라든 사과를 치우지 못하고 그 자리에 둔 채 몇 해를 보냈다. 푸른곰팡이 가루를 품고 화석같이 변한 이 사과를 나는 작업실을 이전할 때까지 건드리지 않았고, 마치 처음의 붉고 싱싱했던 모습을 거꾸로 그려가듯 서서히 지켜보았다. 어차피 모든 순간이 선택과 함께 보이는 것이라면 좀 더 자세히 그리고 천천히 보고 싶어질 때가 있다.

사진가 자크앙리 라르티그Jacques-Henri Lartigue는 어릴 적에 실눈을 뜨고 보고 싶은 사물만을 자세히 바라보는 습관이 있었다고 한다. 그리고 나서 몸을 재빨리 세 바퀴 굴리며 그때의 이미지를 영원히 각인하고자 했는데, 그럴 때 그는 마치 자신의 몸을 카메라의 바디처럼 인식하여 순간을 정착시키고 소리와 향기까지 담을 수 있으리라 믿었다. 그러나 점점 더 선명한 시력과 넓은 시야를 갖게 된 요즘 시대는 우리에게 100년 전 어린 라르티그와 달리 껍데기에만 집중한 채 보고 싶지 않은 대상들까지도 함께 인식해야만 하게끔 만든다.

서울에 사는 시간이란 한 가지에 집중하기 위한 투쟁의 연속이자 속도와의 전쟁이다. 하루는 전시 오프닝에 찾아준 관람

Kyungwoo Chun, *Appearance*
Performance, Gaain Gallery, Seoul, 2013

Kyungwoo Chun, *Appearance*, 2013
Performance

객들의 웅성거림 사이로 속도를 늦추고 손바닥 위에 집중하며 오로지 사과 하나만을 온몸으로 만끽할 수 있는 작업을 계획하였다. 이를 위해 나는 세상에서 가장 맛있는 사과를 찾기 위해 정보를 수집했고 전국의 과일이 모이는 가락시장으로 향하였다. 그리고 언젠가 보았던 그 꼬마 아이의 사과와도 같은, 너무나 예쁘고 맛있어서 단숨에 먹어치울 수밖에 없을 작고 먹음직스러운 사과를 찾아다녔다. 거친 모양의 사과가 맛있다고 경험 많은 상인들이 귀띔해주었지만 그럼에도 불구하고 나는 나의 사과를 찾고자 하였다. 경상북도와 강원도에서 주문한 사과, 씻어서 포장된 사과 등 계획에 없던 다양한 사과들을 관찰하고 맛보는 특별한 경험을 하게 되었다. 평범한 진리, 인간의 몸은 수분과 영양을 필요로 하고 내가 손에 들고 잠시 마주한 한 덩어리의 음식이 내 몸 안으로 스며든다는 이 지극히 당연한 과정이 매우 신비롭고 고귀한 일로 느껴졌다. 이는 마치 하늘은 늘 내 위에 있는데 새삼스럽게 하늘이 거기 있는지 바라보는 일과도 유사하다. 나는 사람들에게 그저 자신에게 주어진 한 알의 사과를 먹는 일에 집중하며 그것이 온전히 자신의 몸으로 들어가는 시간만을 만끽할 몇 분간을 제공해주고자 하였다. 늘 먹어왔지만 이토록 진지하게 온전한 모습으로 마주한 적 없던 사과와 나의 새로운 관계 맺음.

Kyungwoo Chun, *Appearance*, 2013
Performance, drawing with oil pastel

약속한 날이 되었다. 퍼포먼스 참가자들은 간단한 설명을 듣고 먹음직스러운 사과를 하나씩 손안에 담는다. 그 사과들은 찾아낸 사과들 중 가장 달콤한 것이었고 서로를 모르는 이들은 도시의 바쁜 일상에서 잠시 사과 한 개와 대화하는 시간으로 건너온 것이었다.

먼저 참가자들은 1분간 자기 사과의 생김새를 차분히 살펴본 뒤 눈을 감고 천천히 음미하며 먹는다. 그리고 한 명씩 눈을 감으면서 사과를 깨무는 소리가 청명하게 들리기 시작한다. 자리 아래에 놓인 상자를 열어보면 그 안에서 도화지 한 장과 파스텔 그리고 지금 막 자신이 먹은 사과를 그려달라는 짧은 문구를 비로소 발견하게 된다. 눈과 입으로 느꼈던 자신의 사과를 되새겨보는 참가자들을 관객들은 진지하게 바라본다. 그리고 그 자리에 새 모습으로 하나둘씩 다시 남겨지는 사과를 보게 된다. 여든이 넘은 한 노인은 모두가 자리를 떠난 뒤에도 마치 혼자만이 이 공간에 있는 듯 한참 동안 자리에 앉아서 자신의 사과를 충실히 그려내고자 하였다. 마치 누군가에게 먹일 사과를 정성스레 가꾸기라도 하듯 말이다. 그녀는 태어나서 처음으로 사과를 그려보았다고 후에 들려주었다. 본 것과 표현된 이미지의 불일치는 당연한 일이면서도 재현의 질서에 지배받지 않기에 자유롭다. 그리고 그 당연함은 내 몸 안으로 사라진 사과를 종이 위에 다시 꺼내놓을 수 있는 기회를 허락한다. 얼마나 많은 이야기, 정물화의 대상으로서의 사과의 형상과 상징들이 우리의 기억 속에 담겨 있는가? 아마도 그러한 과일 중에 지금 자신이 마주했던 바로 이 사과는 각인된 이미지의 변주로부터 떼어놓기 위해서 가장 많은 애를 써야 하는 대상일 것이다.

나에게 한 장의 사진은 눈으로 본 대상의 재현이 아니라 존재에 대한 믿음과 보았을 때의 인상印象의 표현이다. 그러한 의미에서 먹어서 내 일부가 되어가는 그 사과의 모습을 그려냄은 세상에 하나뿐이던 생명체에 대한 기억의 고유한 출현appearance일지도 모른다. 진짜를 담은 이 그림은 먹을 수도 없고 냄새도 나지 않지만 맛과 향기를 지니게 할 수는 있다. 이는 결코 본 것에 대한 응답이 아니다. 그냥 내가 세상에 돌려준 하나의 열매이다.

몸으로 체험함은 비로소 진정한 감각의 모공을 열어주는 일이다. 침묵 속에 사과를 씹는 소리가 입안으로부터 들려오고 침을 삼키는 매 순간의 소리와 함께 식도를 타고 몸으로 스며들어가는 세포의 반응들이 온전히 감지되는 듯하다. 새로운 경험의 근원은 가까운 미지와의 접촉이다.

Kyungwoo Chun, *RUN-Left or Right*
Performance, 2015
Seoul Station Square / Culture Station Seoul294, Seoul

Kyungwoo Chun, *RUN-Left or Right*
Performance, 2015
Seoul Station Square / Culture Station Seoul294, Seoul

달리기

'달린다'는 것은 공기의 저항과 마주하겠다는 의지의 실천이다. 그 저항에 힘입어서 바람을 가로질러 앞으로 나아간다는 의미이며 스스로 설 수 있음의 증거이기도 하다. 「달리기RUN」는 'Left or Right'라는 부제를 붙인 논스톱 달리기 퍼포먼스이다. 서울역 광장에서 이루어진 이 행위는 시민들끼리의 협력을 통해서만 완성되며 '달릴 수 있는 사람이면 누구나'라는 조건만이 제시되었다. 새 작품 군#, 프로젝트의 가제목working title을 찾는 일은 나에게 일종의 마음의 방향을 정하는 중요한 과정인데 이를 위해 모래알 같은 생각의 조각들에 점성을 부여하는 일이 이어진다. 그 점성의 역할은 일상의 경험에 조금 다른 질서를 부여하여 연결 고리들을 발견하는 것이며 이 조합을 담아낼 새 그릇을 마련하는 일일 것이다.

'달리기'라는 제목을 처음 떠올렸을 때 나는 그 아래 '어디로'라는 또 하나의 줄기를 발견하였다. 사람들 대부분은 기차역과 가까워지면 감지되는 긴장감과 아주 잠시 스쳐 가는 복잡한 기억의 한 조각쯤은 갖고 있기 마련이다. 우연히도 인도의 뭄바이 중앙역에서 프로젝트의 고단하고 긴 여정을 마치고 돌아온 직후 제안받은 이 기회는 마치 나에게 쉬지 말고 계속 달려가라는 방향을 지시하는 듯한 묘한 감정이 들게 하였다. 당시 나는 아직도 뭄바이역 주변을 배회하는 상상에서 벗어나지 못하고 있었다.

이 거대한 상징적 장소에서 '달리기'라는 가장 원초적인 행위를 마음 놓고 할 수 있는 공간을 확보하기 위해 나는 광장을 반복하여 걷고 달려보았다. 그리고 처음으로 이 광장의 강렬한 냄새와 소리의 덩어리를 체험하였다. 밤이 되자 바람과는 달리 뒤엉켜 각자의 목소리를 외쳐대던 무리들은 점차 사라지고 하루에 지친 노숙인들이 하나둘씩 모여들었다. 학창 시절 보았던 주세페 토르나토레의 영화 「시네마 천국」(1990)에서 깊은 밤이 되자 "광장은 내 꺼야La Plaza es mía!"라고 외치며 사람들을 마을의 광장에서 몰아내던 한 광기 어린 노숙인의 모습이 떠올랐는데, 불과 몇 초밖에 되지 않는 이 짧은 장면이 내게 오랜 여

Kyungwoo Chun, *RUN-Left or Right*
Performance, 2015
Seoul Station Square / Culture Station Seoul294, Seoul

Kyungwoo Chun, *RUN-Left or Right*
Performance, 2015
Seoul Station Square / Culture Station Seoul294, Seoul

운을 남기는 이유는 무엇일까. 나는 육체 에너지보다 신경 에너지를 더 소모하는 시대에 사회규범과 의무로부터 잠시 일탈하여 달릴 수 있는 광장을 만들어보고자 했다.

「달리기」의 기본 구조는 육상 경기의 트랙과 유사하나 몇 가지 다른 요소들을 가지고 있다. 우선 달리기 트랙을 만들되 나는 경쟁이 이루어질 수 없는 공간을 바랐으며 사람들이 자신의 선택에 따라서 달려가되 반대 방향으로 달리는 다른 사람의 표정, 위치, 속도를 고려할 수밖에 없는 구조를 구상하였다. 그리고 서울에 살면서 길은 있으나 결코 달려갈 수 없는 하나의 상징적인 목적지를 달리기의 종착점으로 정하였다.

직업, 연령, 국적, 문화적 배경에 상관없이 누구나 참여할 수 있는 이 퍼포먼스는 10월의 맑은 아침부터 시작되었다. 그리고 늦은 시간 목적지에 도착할 때까지 멈춤 없이 계속되었다. 신기하게도 어린이, 군인, 경찰관, 외국인들까지 어느새 트랙 위를 쉬지 않고 이어서 달리고 있었다. 참여하는 모든 사람은 오른쪽 또는 왼쪽으로 향하는 두 가지 색의 트랙 중 하나를 선택할 수 있으며 자신이 달릴 수 있는 거리를 사전에 결정하게 된다. 어떤 이는 300미터를, 누군가는 2킬로미터를 정하였으며 우리는 참가자들이 원하는 만큼 온전히 달릴 수 있도록 보호해주었다. 몸의 낮은 솔직하다. 누군가에게는 하나의 방향을 선택

Kyungwoo Chun, *RUN-Left or Right*
Performance, 2015
Seoul Station Square / Culture Station Seoul294, Seoul

하고 드러내는 일이 매우 심사숙고해야 하는 과정일지도 모른다. 그러나 방향을 정하고 오른쪽 또는 왼쪽으로 달려나가 트랙의 코너를 지나는 순간 그 방향은 반대가 되어버리는, 무의미한 선택임을 알아채게 된다. 문득 언젠가 노르웨이 친구로부터 우리는 우리가 중심으로 알고 살았는데 왜 자신들을 북쪽 사람이라고 부르는지 이해할 수 없다는 농담 섞인 푸념을 들은 일이 떠오른다. 사실 동양과 서양, 좌 성향과 우 성향도 결국은 내가 지금 서 있는 의식의 지점과 타자에 대한 인식에 기인할 뿐, 그 말 자체로는 아무 의미가 없다. 달리는 동안 반대 방향으로 달리는 타인에 대한 인식 또는 배려는 트랙이 교차하는 지점에서의 충돌 위험으로부터 자신을 보호해준다.

한 가지의 목표를 향해 멈출 수 없는 우리의 달리기는 아주 빠르게 그리고 천천히, 하루 종일 긴장과 함께 지속되었다. 나는 손안에 잡힐 만한 크기의 돌멩이 두 개를 바통으로 삼았는데, 수많은 부딪침으로 둥글게 다듬어진 이 작은 돌은 달리는 사람들의 아직 식지 않은 체온과 땀까지 전달해주었다. 이 반복적이고 부질없어 보이며 실제 목적지에 도달할 수조차 없는 움직임은 역설적이게도 에너지의 소모와 동시에 생성이 이루어지는 하나의 발전기처럼 내게 느껴졌다. 밤이 깊도록 최종 목적지(평양, 193킬로미터)에 도착할 때까지 200여 명의 시민들은 멈추지 않고 달렸다. 퇴근길 직장인을 비롯한 참가자들은 길 위에 그려진 조금 다른 길 위를 잠시 달리고 자리를 떠났다. 어머니와 함께 특별히 멀리서 찾아와 어머니 앞에서 아주 느리게 한 바퀴를 힘겹게 달린 장애가 있는 청년, 사람들로부터 거부당하거나 그 거부를 시비 삼는 일을 일상적으로 겪었을 한 노숙인의 진지한 달리기는 특별히 기억에 남는 모습이었다. 혹여 소동이 생길까 스태프들은 걱정하였으나 나는 그의 참여가 제일 기뻤다.

달리기는 일시적으로 마음과 몸의 일치를 통해 세상을 다른 속도에서 감지하게 한다. 우리를 세계와 연결하는 지향적 단서로서의 몸, 그 지각의 중심은 자신의 위치, 몸의 크기와 속도의 중심으로부터라는 사실을 우리는 의식하지 못하고 매일 시간의 트랙 위만을 달린다. 내 몸을 떠난 시점에서의 방향성이란 사실은 존재하지 않는다.

Kyungwoo Chun, *The Golden Table*
Performance with Installation, 2010
Laznia-Center for Contemporary Art, Gdansk

(위) Gdansk Poland, 2010
(아래) Laznia-Center for Contemporary Art, Gdansk, 2010

THE GOLDEN TABLE

폴란드 북부 항구도시 그단스크Gdansk는 아마도 유럽에서 가장 복잡한 기억의 유산을 가진 도시일 듯하다. 사회주의 정부 시절부터 운영돼온 라즈니아Łaźnia현대미술관에서의 개인전을 준비하면서 나는 반드시 이 도시의 사람들과 공동 작업을 통한 특별한 만남을 갖고자 하였다. 나에게 전시회란 완성된 결과물을 선보이는 일이 아니라 하나의 물음이 비로소 사람들과의 교감을 통해 울림을 찾아가는 과정이다. 따라서 어느 곳에서 전시가 이루어지는가는 어떤 사람들을 만나는가와도 같은 일이며 그것은 크고 작은 역사와의 만남이기도 하다.

그단스크는 14세기 한자동맹도시Hansa-stadt의 전성기부터 프

(위) Polish Round Table Agreement, 1989, video still from DW
(아래) Kyungwoo Chun, *The Golden Table*
Performance with Installation, 2010
Laznia-Center for Contemporary Art, Gdansk

로이센왕국, 20세기 초 자유도시Freie Stadt의 시대를 거쳐 2차 세계대전의 발발과 함께 나치 독일로, 그리고 종전 후 도시의 대부분이 파괴된 채 다시 폴란드에 귀속되는, 혼란스러운 가족사와도 같은 역사를 갖고 있다. 그단스크 출신 작가 귄터 그라스 Günter W. Grass의 『양철북Blechtrommel』(1959)을 오래전 어설프게나마 읽지 않았었더라면 지금 내게 보이는 이 아름답고 고풍스러운 구시가지의 재건된 풍경이 전쟁의 비극적 장면들과 오버랩되는 것을 피할 수 있을 터였는데 결국 마음대로 되지 않았다. 2차 세계대전 속 이 도시를 배경으로 한 소설에, 설상가상으로 과거 공중목욕탕Łaźnia을 개조하여 사용 중인 미술관 건물 외벽에는 전쟁의 기억을 위해 남겨둔 총 자국의 상흔마저 있었다. 그 깊숙이 파고드는 인상들을 결국 나는 그대로 받아들이기로 하였다.

설치 작업 「The Golden Table」을 위해 나는 시민들이 참여하는 단순한 과정을 가진, 그러나 간단치만은 않은 고민들로 채워질 방법을 제안하였으며 그것은 살아 있으나 보이지 않는 사적인 기억의 조각들을 한곳에 잠시 불러 모으는 시도였다. 중국에서 시작된 1000명의 인물들이 담긴 사진 설치 작업 「Thousands」와 조우할 1000명의 그단스크 시민들이 참여하는 내용 그리고 실제 역사 속 테이블을 대상으로 하는 비디오 작품, 이렇게 두 가지가 동시에 추진되었는데, 미술관과 시의 문화부 관계자들이 내게 예상치 못한 우려감을 표시해 왔다. 조선소 전기공이었던 노동운동가 레흐 바웬사Lech Wałęsa가 이끄는 자유노조와 사회주의 정부의 역사적인 합의를 이루어낸 1989년 폴란드 원탁회의Polish Round Table Agreement의 테이블을 재구성할 예정이었는데, 그냥 원 모양의 이 탁자가 폴란드 국민들에게는 20세기 후반 이념 갈등의 상처로 남아 있는 민감한 상징물이며 책임자들에게 자칫 부담이 될 수 있다는 것이었다. 나는 바르샤바Warsaw의 대통령궁에 영구 보관 중인 원탁의 실물을 직접 보고서 답변을 주기로 하였다(그 원탁회의의 압도적이고 완전한 광경의 이미지는 그 후 도리어 불완전함의 상징이 되기도 하였다). 나는 바르샤바에 머물며 이 테이블을 촬영하고 나서야 비로소 그들을 설득할 수 있었고 후에 레흐 바웬사 전 대통령과 그단스크시장이 전시의 공식 후원인으로 나서면서 마침내 안도할 수 있었다.

새로운 작품을 만든다는 것은 낯선 누군가에게 편지를 쓰는 일과도 같다. 내게 그 첫 번째 누군가는 작업의 대상이 되거나 작업에 참여하여 공동 주체가 되는 사람들이다. 「The Golden Table」은 원탁 모양의 구조물을 천 개의 불규칙한 조각으로 나누어 시민들에게 건네줌으로써 시작된다. 영국의 아더왕 전설

Kyungwoo Chun, *The Golden Table*
Performance with Installation, 2010
Laznia-Center for Contemporary Art, Gdansk

에 나오는 원탁과 결코 다르지 않은 현대의 원탁회의는 평화적인 구조의 방식 같지만 실제로는 서로 용납하지 못함, 합의할수 없음을 내포하기도 한다. 손바닥 정도 크기의 이 테이블 조각들은 참가자들이 일정 시간 동안 간직하다가 돌려주기로 되어 있었기에 실무를 담당하는 인내심 많은 코디네이터 욜라Jola와 스태프들은 자전거, 전차, 자동차를 타고 도시 곳곳을 몇 주간이나 참가자들을 방문하러 다녔다.

나는 참가자들이 원탁의 조각을 간직하는 동안 그 안에 다음에 대한 하나의 문구 또는 단어를 무기명으로 남겨줄 것을 부탁하였다. "당신이 영원히 잊고 싶은, 또는 영원히 간직하고 싶은 기억을 적어주십시오." 나는 이것이 어떤 무게를 지닌 요청인지 솔직히 가늠하기 어려웠다. 하지만 적어도 그 기억의 한조각을 '지금'의 눈으로 함께 바라볼 마음의 공간쯤은 확보할수 있을 거라는 작은 믿음만은 갖고 있었다. 기억은 결코 과거가 아니라 현재에 속한 것이고 우리는 매일 기억을 바라볼 미세한 필터들을 새로이 만들어가고 있지 않은가. 신경과학자 에릭캔들Eric Kandel조차 소년 시절 오스트리아 유대인으로 경험한 자신의 기억들을 짚어가면서 결국 "우리는 우리가 기억하고 배운것들로 인해 존재한다"라는 현재 중심의 자기고백 같은 말을 남겼다. 기억은 지금의 상태에 따라 매일 새롭게 각색된다.

(위) The Polish Round Table, President Place, Warsaw, 2010
(가운데) Kyungwoo Chun, *Mazurka*, single channel video, sound, 2010
(아래) Kyungwoo Chun, *The Golden Table*
Performance with Installation, 2010
Laznia-Center for Contemporary Art, Gdansk

몇몇 참여자들은 짧은 시간에 즉흥적으로 적어주기도 하였지만 한 80대 노인은 이 원탁 조각을 한참 동안 가지고 있다가 결국 빈 채로 돌려주면서 "나로서는 꺼내놓기가 너무나 힘들어 도저히 어렵겠습니다"라며 미안해하였다. 나는 그녀가 그런 생각을 한 시간만으로도 참여가 되었다고 위로하였지만 지금까지도 그녀 생각이 난다. 우리는 조각들을 수거하면서 간혹 누구의 것인지 우연히 알게 된 적도 있었다. 미술관 앞 학교에서 한 10대 소녀가 건네준 조각에는 그저 "아버지ojciec"라는 한 단어만이 적혀 있었다. 그 맑은 얼굴에서 그 단어가 어떤 방향의 의미인지를 읽어내기란 불가능하였으며 함께 간 욜라와 나는 서로의 눈만 잠시 바라보았다.

다시 실제 원탁의 비디오 촬영을 위해 바르샤바로 향했다. 마침 쇼팽 탄생 200주년 기념행사의 안내들이 도시 곳곳에서 눈에 띄었다. 나는 다소 경직된 표정의 대통령궁 안내원들의 도움을 받아 드디어 역사적인 원탁을 마주하였고 이곳에 둘러앉아 있던 50여 명의 인물들을 잠시 떠올려보았다. 그리고 손바닥으로 탁자의 표면 위를 쓸어가며 천천히 한 바퀴 돌아보았다. 사진에서 접한 완벽한 원형의 매끄러운 느낌의 탁자는 막상 가까이서 보니 아주 조금씩 다른 높이를 지닌 여러 개의 테이블로 붙여져 있었으며 약간씩 돌출된 부분도 있었다. 나는 이 순탄하지 않

Kyungwoo Chun, *The Golden Table*
Performance with Installation, 2010
Laznia-Center for Contemporary Art, Gdansk

은 굴곡의 정도를 표면 가까이에서 느껴보고자 하였다. 우리는 좁은 공간을 위한 특수 장비를 사용하는 대신 내 아들 녀석이 빌려준 장난감 자동차에 카메라를 고정시키고 조심스레 밀어가며 촬영을 하였다. 화면에는 그동안 타계한 인물들의 명패 위에 적힌 적지 않은 숫자의 검은 띠들지도 함께 담겼다. 마치 폴란드의 민속춤 마주르카Mazurkas 연습을 하듯 다시 처음의 지점에 완전히 도달할 때까지 장난감 자동차는 수많은 설득의 언어들이 가로질러 갔을 마이크와 명패들 사이로 원을 따라 숨죽여 달렸다. 그리고 이미 원탁을 보며 떠올린 쇼팽의 피아노곡 「마주르카 C# 단조 Op. 63 No. 3」가 이 비디오 영상의 배경음악으로 결정되었다.

전시가 다가오면서 모두가 기다렸던, 힘겹고 거대한 퍼즐 맞추기가 시작되었다. 조각 뒷면에 번호를 적어놓았지만 이 일은 어릴적 퍼즐의 추억을 떠올리기에는 너무나 어려운 도전이었다. 하나의 완성된 큰 그림은 없었다. 그러나 우리는 조각마다 고유의 그림들이 숨겨져 서로 연결되어 있음을 감지할 수 있었다.

Kyungwoo Chun, *1000 Names*
Performance with Installation, Amserdam, 2009
Van Zoetendaal Collection, Amsterdam

Kyungwoo Chun, *1000 Names*
Performance with Installation, Amserdam, 2009
Van Zoetendaal Collection, Amsterdam

1000개의 이름들

지금 이 순간 자신의 마음속에 몇 사람의 이름이 담겨 있는가. 잠시 생각에 잠겨보지만 필경 쉽사리 답하기 어려울 것이다.

하나의 이름은 하나의 얼굴이다.

갤러리들이 함께 참가하고 전시하는 아트 암스테르담Art Amsterdam 행사의 솔로 프로젝트에 초청받은 나는 마침 다른 도시에서 사진전을 진행 중이었다. 그와는 대비적으로 한동안 깊이 매료되어 배회하던 도시 암스테르담과의 재회를 위해 나는 공간을 비워두는 것에서부터 시작되는 퍼포먼스-설치 작업을 구상하였다. 새 작품을 의뢰하고 자유를 보장해준 오랜 친구이자 파트너 빌름Willem은 아무런 작품도 걸지 않겠다는 나의 결정에 의

문을 제기하지 않고 묵묵히 필요한 준비들을 해주었다. 세심한 미적 감각과 통찰력을 지닌 그는 작품을 준비하는 과정에서 마치 수많은 재료들을 모아가며 요리를 하다가도 필요한 최고의 향신료를 찾기 위해 여행을 떠나는 듯한 여유를 내게 가르쳐주었다.

암스테르담에 머물며 작업하는 동안 우리는 자전거를 타고 16세기 네덜란드 황금기의 상징 케이제르스흐라흐트Keizersgracht 거리 위를 매일 아침 전시장을 향해 달렸다. 보이는 땅의 반 이상이 물로 이루어진 이 운하도시 사람들은 항상 수로에 비친 자신의 그림자를 도플갱어처럼 데리고 다닌다. 전설적인 네덜란드의 개념미술가 바스 얀 아더Bas Jan Ader가 자전거로 운하를 따라 달리다가 방향을 틀어 물속으로 빠져 들어가는 흑백 필름 「Fall 2」(1970)는 그가 몇 년 후 대서양에서 요트를 타고 영원히 사라졌던 미스터리한 항해의 복선처럼도 느껴지는데, 이 길을 달리다 보면 그와 같이 또 다른 자신과의 일체를 완결하는 듯한 용기를 실행하고픈 충동이 잠시 찾아오기도 하였다.

타인의 이름을 드러내야 하는 이 퍼포먼스 「1000 Names」가 있기 몇 년 전, 서울에서 어린이들과 함께 이름 부르기 퍼포먼스를 진행한 적이 있었다. 타인이 없다면 이름도 필요 없듯이 이름은 나와 타인을 구분 짓는 표식이자 스스로에 대한 인식의

Kyungwoo Chun, *1000 Names*
Performance with Installation, Amserdam, 2009
Van Zoetendaal Collection, Amsterdam

Kyungwoo Chun, *1000 Names*
Performance with Installation, Amserdam, 2009
Van Zoetendaal Collection, Amsterdam

시작이다. 한국인들이 자신의 종교와는 별개로 운명론적인 작명作名에 공을 들이는 것도 이와 무관하지 않을 것이다. 작명을 함에 있어 품위가 있고 사주를 토대로 발음오행이 길해야 한다는 작명소들의 설명이 비단 한국인에게만 해당될까 하는 의문을 가진 나는 한때 사람들에게 이름의 뜻이 뭐냐고 버릇처럼 묻곤 하였다. 암스트롱Armstrong이 '힘센 팔을 가진 사람', 존슨Johnson이 '존의 아들', 블라입트로이Bleibtreu가 '신뢰를 지켜라'라는 뜻을 지닌 성이라는 재미난 사실도 알게 되었는데, 이는 결국 모두들 태어나 보니 누군가가 지어준 이름을 지니고 있음을 의미하는 것 아닌가. 그렇다면 이름은 근본적으로 타자와의 연결을 전제로 한다고 할 수 있다.

퍼포먼스가 시작되기 전 나는 사람들이 빈 공간을 채워 작업을 완성시키는 주체로서 참여하기를 바라며 스태프들에게 진행 지침들을 전달하였다. 단 하나의 단어가 결정의 용기를 갖게도 하기에 안내문은 간단하지만 명확하고 완벽해야만 한다. 시간이 다 되었다. 참가자들은 "당신에게 가장 소중한 사람들의 이름을 1분 동안 떠오르는 대로 벽면에 적어주십시오"라는 문구를 받고서 혼잡한 공간의 소음을 차단시키는 동시에 시간의 흐름을 감지하게 해줄 1분간의 음악을 헤드폰을 쓰고 듣게 된다. 어쩌면 낙서하는 듯, 고백하는 듯 팔을 들어 손끝을 지나 드러나게 되는 수많은 이름들이 누구 것인지 지켜보는 관객들은 알 길이 만무하지만 정작 어떤 이름들이 손끝으로부터 나오게 될지 참가자 자신조차 잘 알지 못한다는 사실을 깨닫는 사람은 드물었다.

지금 이 글을 읽고 있는 당신도 잠시 멈추고 벽 대신 빈 종이를 앞에 놓고 1분간 떠오르는 이름들을 적어보아도 좋겠다. 내 안에 있지만 살면서 한 번도 불러보지 않은 이름이 나올 수도 있다. 어쩌면 이 1분간의 시간이 아래 남아 있는 글을 마저 읽는 것보다 당신에게 더 나은 일일지도 모르겠다.

6일간 이루어진 이 퍼포먼스에 참가한 익명의 참가자들은 정작 가장 가까운 사람들의 이름이 생각나지 않는 특이한 모순도 경험하게 되었다. 때로는 이름조차 모르고 지내던 사람들이 기억 속에 뜻밖의 큰 자리를 차지하고 있음을 문득 깨닫게도 된다. 어떤 이들은 동행한 사람이 행여 자신의 마음을 엿보지 않을까 두려움을 갖기도 하였고, 참여한 다음 날 다시 와서 자신이 적어놓은 이름들을 한참 동안 되새기며 바라본 사람도 있었다. 가벼운 호기심으로 참여한 어떤 사람은 매우 무거운 표정이 되어 손으로 턱을 만지며 자리를 떠났다. '도대체 왜 이 이름들이 내 안에서 나왔을까?' '아니, 왜 이 사람을 잊고 있었을까'라는 죄책감을 고백한 이도 있었다. 하루는 예기치 않게 전

Kyungwoo Chun, *1000 Names*
Performance with Installation, Amserdam, 2009
Van Zoetendaal Collection, Amsterdam

Kyungwoo Chun, *1000 Names*
Performance with Installation, 2019. 9. 13-11. 11
Sungkok Art Museum, Seoul

시를 보러 온 네덜란드 여왕 베아트릭스Beatrix가 퍼포먼스 장소를 찾았다. 그녀는 나에게 참여 방법을 물은 후 자신의 레이덴 대학 재학 시절 스웨트룸 벽면 가득 남겨진 졸업생들의 이름이 담긴 낙서 이야기를 덤으로 전해주었다.

각기 다른 속도와 움직임으로 퍼포먼스는 계속되었다. 유독 많은 사람들이 자신의 경험담을 우리들에게 들려주었고, 어떤 이는 부모의 이름이 아닌 열 살 때 옆집에 살던 아저씨 이름을 써놓은 것을 이해할 수 없노라 하였다. 그러나 이러한 모순들을 규명하는 것은 규명하려 들지 않음으로써 그 여운이 살아 있게 된다. 타인의 이름을 써보는 행위는 타인과 나의 이름이 섞여가는 모습이며 주체와 객체를 구분 짓는 이분법적 인식이 아닌 동일시하는 과정일지도 모른다.

붉은 벽면이 빈틈없이 채워지고 관람객들은 잃어버린 소중한 사랑을 찾기라도 하듯 애써 그 이름들을 읽어내려 한다. 마지막 날 나는 빌름과 함께 나란히 자전거를 타고 숙소로 오는 길에 그의 성 'Van Zoetendaal'의 뜻이 '달콤한 골짜기에서'라는 것을 처음 알게 되었다.

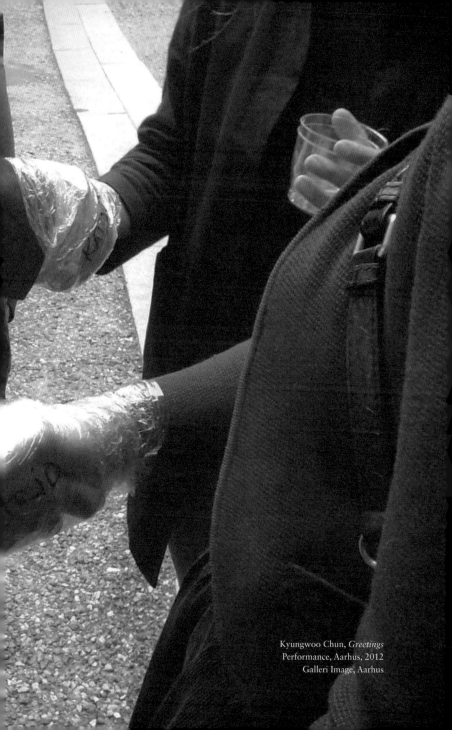

Kyungwoo Chun, *Greetings*
Performance, Aarhus, 2012
Galleri Image, Aarhus

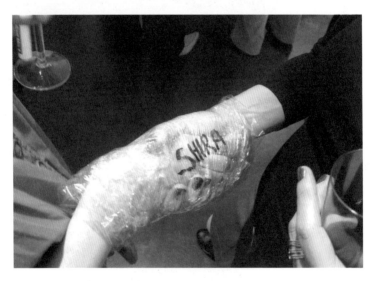

Kyungwoo Chun, *Greetings*
Performance, Madrid, 2009
Galeria Raquel Ponce, Madrid

GREETINGS

소리의 근원은 움직임과 접촉으로부터 나온다. 두 손을 맞잡으며 인사를 나눔은 연결의 내적 반응을 들으려는 시도이지만 정작 이 합의된 신체의 접촉은 그것이 진정 무엇을 뜻하는지 당사자가 모르는 채 빠른 시간 안에 이루어진다.

낯선 이와 접촉을 한다는 것은 상처를 입을지도 모른다는 전제를 가지고 있다. 언제부터 시작되었는지 굳이 묻지 않는 이 서양식 의례 행위는 그리스·로마 시대에도 이미 존재해온, 서로의 손을 담보로 상대방의 안전과 신뢰를 보장하는 상징적 행위라고 전해진다. 그러나 무기를 지니지 않는 지금 시대, 무기 대신 날카로워진 감각은 그 손안, 피부 깊숙이 숨겨져 있다. 은

Kyungwoo Chun, *Greetings*
Performance, Madrid, 2009
Galeria Raquel Ponce, Madrid

밀하기를 두려워하는 이 시간의 덩어리 안에 움직임, 체온, 상이한 크기와 모양새, 감촉, 땀 등등 보이지 않는 요소들이 가득 담겨 있다. 상대방 손의 따뜻함을 감지하는 것은 그 시작에 불과하다.

나의 작업은 새로운 형태를 찾기보다는 보이는 규율의 선들에 다른 선 긋기를 시도하는 과정이다. 때로는 이 선 긋기가 깊은 앎의 작은 시작이 되기도 하고 인식의 커다란 증폭기가 되기도 한다.

산책하기 좋은 마드리드 왕립식물원 옆 갤러리에서 이루어진 개인전 오프닝을 위해 처음 고안된 이 퍼포먼스는 가벼운 사회적 접촉social contact을 나누고자 하는 사람들의 이벤트, 사적인 성격이 혼재된 사람들의 스탠딩 모임을 전제로 한다. 습관적인 일상의 행위를 의식적으로 시도해보는 이 '악수하기'를 나는 마드리드를 시작으로 베를린, 브레멘 그리고 덴마크의 오르후스에서 계속하였다. 사실 수년간 겪어온 전시회의 시작을 알리는 비슷비슷한 오프닝 행사가 지루한 나머지 처음 구상해보기도 하였지만 일시적으로 모인 사람들에게 한 공간 안에 살아 있는 작품으로서 변화되는 경험을 주고픈 마음에서이기도 하였다.

「Greetings」는 처음 마주한 20명의 게스트들에게 오늘 우연히 내 앞에 서 있는 한 사람과 악수를 청하도록 한다. 일상의 수없이 많은 악수의 경험에 익숙한 이들은 어렵지 않게 참여를 희망하였지만 설명을 들은 후에는 잠시 생각을 해본 후 비로소 확정하였다. 그도 그럴 것이 이 일은 익숙할 것 같지만 20분이라는 긴 시간과 연결의 조건을 갖는, 아마 살면서 한 번도 경험해본 적 없는 행위였을 것이다.

시작 시간이 되었다. 일사불란하게 나와 스태프들은 이들의 악수한 손에 비닐 랩을 감싸서 일시적 구속으로서의 악수의 순간을 유지시키도록 하였고 참가자들로 하여금 상대의 손등 위에 각자 자신의 이름을 쓰게 하였다. 그리고 약속된 시간 동안 서로의 손을 감싼 채 둔다면 그 밖의 모든 일이 이들에게 허용되었다. 시작과 함께 마치 정지 화면을 다시 재생시키듯 리셉션 파티가 지속되었으며 분주한 대화 소리가 섞이기 시작하였다. 이들은 점차 짧은 순간에 경험할 수 없는 강렬한 에너지와 친밀감을 감지하였으며 손의 어색함을 대화로 채우려 하였다. 한 손에 와인 잔을 들거나 밖으로 나가 서로 담뱃불을 붙여주기도 하였고, 산책을 하듯 장소를 옮겨 가며 무언가 심각한 얘기를 나누기도 하였다. 얼핏 보면 여느 전시 오프닝과 다를 게 없는 듯 보였지만 시간이 경과함에 따라서 본능적인 반응들이 정체를 드러낸다. 우리는 낯선 누군가를 만났을 때 공통 화제

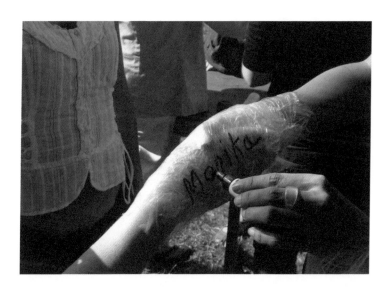

Kyungwoo Chun, *Greetings*
Performance, Bremen, 2009
Kunsthalle Bremen, Bremen

Kyungwoo Chun, *Greetings*
Performance, Aarhus, 2012
Galleri Image, Aarhus

를 찾고 상대의 말에 귀 기울이거나 적어도 그런 척하도록 교육받아왔기에 지금 이 어색한 시간에도 그러기를 애쓰게 된다. 한 가지 주목할 만한 점은 우리는 자신의 감정보다는 타인의 감정을 의식하는 것에 더 익숙하도록 사회적 훈련을 받으며 살고 있다는 사실이다. 양적으로 팽창된 사회는 다양성을 제공하는 척 위장하지만 일괄적인 감성을 강요한다.

나는 손을 잡은 사람들이 어색함 또는 뜻밖의 즐거움을 더 이상 숨길 수 없을 만큼의 시간을 선택하려 몇 번의 실험을 해보았다. 하지만 하나의 관계는 하나의 조우로부터만이 가능하기에 섣불리 예단하려 들지 않았다. 단지 불편함은 불편함으로, 뜻밖의 기쁨은 기쁨으로 드러내길 기대하였다. 이 시간 동안 어떤 두 사람은 조금 조용한 곳으로 가거나 들뜬 모습으로 재미있는 대화를—마치 시간이 흘러감이 아쉽다는 듯— 막힘 없이 이어갔으며 어떤 이들은 어색한 표정이 역력하였다. 심지어 손을 잡은 채 파트너가 아닌 다른 이와 대화하는 사람까지도 있었다.

독일어 표현 중에 '나는 그 사람 냄새도 맡을 수 없어Ich kann ihn nicht riechen'라는, 누군가가 싫다는 표현이 있다. 인간이 상대의 냄새를 통한 화학작용으로 친밀도를 감지한다는 과학적 사실은 새롭지 않으나 서로 맞잡은 손안에 우리가 알지 못하는 더욱 미세한 감각의 센서들이 총동원되고 있을 것이라는 막연한 믿음에 따른 무한한 경험의 통로를 나는 주목하였다. 실제로 인간의 피부는 열다섯 개가 넘는 후각 수용체Duftrezeptoren를 가지고 있어서 코와는 다른 방식으로 냄새를 감지하는 구조가 있다고 한다.

적어도 서구식 인사법을 따르는 공식적 만남에서 악수를 안한다는 것은 대다수에게 신성모독같이 여겨지거나 상대에 대한 존중의 거부로 여겨질 것이다. 신문이나 방송에서 정치인들이 시장 사람들의 손을 잡고 활짝 웃는 이미지들을 내보이는 것은 이들이 이 인공적인 행위가 꽤 괜찮은 영향력을 갖고 있다는 메커니즘을 누구보다 잘 이해하고 있고 상대가 누구든 쓴약을 잠시 삼키듯 카메라 앞에서 불과 몇 초만 잘 버티면 자신의 관대함에 대한 상징이 성립된다는 확신이 있기에 가능하다. 이는 대중의 미디어 속 이미지가 환영이자 거짓된 유혹임을 아는 지적 인식이 악수의 장면과 그 경험이 상기시키는 이미지로 인한 감성의 속도를 이기지 못함이기도 하다(하지만 오랜 미디어 공식의 관행 때문에 더 이상 악수를 안 할 수도 없게 되었다).

퍼포먼스가 끝나자 모두가 그 과정과 상관없이 안도의 감탄사를 내놓았다. 우리는 두 사람의 손을 감싸고 있던 땀방울이

맺힌 비닐 랩을 마치 상처를 감쌌던 붕대처럼 조심스레 풀어서 한쪽 벽에 설치하였다. 이 비닐 랩 안쪽에 참가자들을 잠시 부끄럽게 할 많은 땀이 맺히게 될 것을 모두 사실 가늠하지는 못하였을 것이다.

우리는 낯선 이에게 선뜻 손을 내민다. 아마도 불과 몇 초만 견디면 자유로워질 수 있다는 무의식적 안도감 때문일 것이다. 그나마 아직 인간들끼리 이루어지는 인사법이기에 느낄 수 있는 감각이다.

Kyungw
Video based on performance-installa

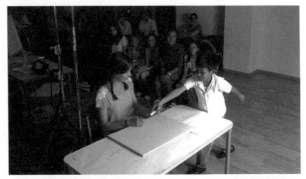

Kyungwoo Chun, *Perfect Relay*
Performance view, 2012

PERFECT RELAY

최고의 속도와 최대의 힘을 발휘하기 위해서는 다른 생각을 해선 안 된다. 오로지 지금, 바로 이 순간에 살아 있어야 한다.

「Perfect Relay」는 올림픽을 계기로 구상된 작품이지만 일상의 순간들에 관한 것이다. 런던올림픽을 위한 새 작품을 제안받은 나는 근대올림픽이 처음 열린 1896년 그리스부터 현재까지 모든 올림픽 개최국의 어린이들을 하나의 릴레이 게임에 초대하고자 하였다. 그리고 이 프로젝트를 위해서 한자리에 모인 아이들에게 세 가지 올림픽 모토, "보다 빠르게Citius, 보다 높게Altius, 보다 힘차게Fortius" 중 도전해보고 싶은 것 하나를 선택하여 최선을 다해 각자의 손으로 써보도록 부탁하였다. 각기 다른 모국어를 사용하는 이 어린이들은 하나의 계주Relay와도 같이 바통 대신 펜을 들고 순서대로 다음 주자를 향해 다가간다. 자기 자리에서 출발을 기다리던 어린이는 펜을 받아 그 끝에 모든 힘을 집중하여 마음속의 선택을 자신의 모국어로 쓴다. 단 참가자들은 이 글자들을 주로 사용하지 않아 마음대로 되지 않는 '반대편 손'으로 써야만 한다. 책상 앞에 앉은 어린이들은 하나같이 자신이 원하는 가장 이상적이고 멋진 필체를 발휘하기는커녕 문자의 형태조차 제대로 구현하기 힘든 혼돈에 잠시 동안이지만 봉착한다. 마치 서로 다른 개체라도 된 것 같은 양손 간의 희귀한 관계를 바라봤던 이 순간은 우리 모두에게 놀라운 발견이었다. 올바른 방향을 찾기 위해 주춤대며 '보다 빠르게faster'를 잘 쓰려고 삐뚤빼뚤 애쓰고 있는 위태로운 왼손을 지켜보던 오른손은 안절부절못함이 역력하였으며 때로는 왼손을 거의 만질 뻔하였다. 여기서 이 삐뚤빼뚤함, 실수와 부족함은 생산의 동력이며 성장에 유리한 조건이기도 하다.

2012년 런던올림픽 경기 중 런던의 스펜서 하우스에서 처음 발표된 이 퍼포먼스-비디오는 스타디움의 함성이 담긴 '불안정'의 계주이다. 이 불안정이 그러나 결코 아름다움과 거리를 두거나 실패를 의미하지는 않을 거라는 확신이 한편으로 있었기에 나는 편지를 쓰기 시작하였다. 매일 조금씩 성장하는 이

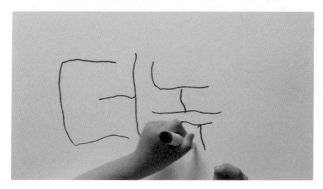

Kyungwoo Chun, *Perfect Relay*
Video based on performance, 2012

Kyungwoo Chun, *Perfect Relay*
Paolo, 2012

귀하고 작은 사람들과 함께 작업을 완성하고픈 희망은 퍼포먼스에 참가를 원하는 18개국의 어린이들을 찾고 허가와 동의를 위한 인내심을 요하는 긴 과정을 거쳐야 했다. 한 개국도 빠질 수 없었다. 돌이켜보면 지금까지의 모든 프로젝트들을 실현해오는 과정 중 늘 결정적인 단계는 불안하고 작은 모험을 위한 첫 편지를 띄우는 일이었다. 스스로 자초한, 혼자서는 실현 불가능한 어려운 작업의 조건들은 항상 타인의 마음속으로 들어가는 숨겨진 좁은 통로를 찾는 노력을 요구한다.

스튜디오에 한 명씩 등장한 모든 어린이 참가자들은 완벽함이나 승부를 추구하지 않는 이 낯선 계주 속에서 마치 자신이 모국을 대표하는 것처럼 결의에 찬 듯 진지한 모습이다. 나는 늘 '우연은 없다'고 여겨왔다. 하지만 작은 체구의 때가 낀 양말을 신은 이탈리아 소년 파올로Paolo가 붕대를 감은 손가락을 내보이며 "저는 오늘 오른쪽 손가락을 다쳐서 글씨를 쓸 수가 없을 것 같아요"라고 했을 때 "이런 멋진 우연이 있나!"라는 말이 절로 나왔다. 여섯 살 소년은 어차피 반대편 손으로 써야 한다는 설명에 반색하며 그 작은 손을 열심히 움직여 "Più forte(보다 힘차게)"를 남겨놓았다.

"보다 빠르게, 보다 높게, 보다 힘차게"는 19세기 말에 시작된 근대올림픽의 모토이자 인간 한계에 대한 진정한 도전 정신을

Kyungwoo Chun, *Perfect Relay*
Video based on performance, 2012

의미한다고 알려져 있지만 실제로는 인간 의식에 잠재하는 승부욕과 성과주의에 떠밀린 치열한 욕망 또한 깨운다는 사실 역시 사람들은 인식하고 있을 터이다. 경쟁은 상대를 필요로 하며 경쟁자들과의 비교를 통해서 비로소 나의 기력을 가늠하게 된다. 하나의 섬이 있고 그곳을 벗어날 필요가 없다면 어쩌면 그곳은 세상에 하나뿐인 최고의 섬이 될 수도 있다.

스포츠 경기는 사실 우리들의 일상과 다르지 않다. 매일 아침 보이지 않는 유니폼을 입고 달리는 사회라는 스타디움에서 우리는 어떻게 하면 심판에게 발각되지 않고 규칙을 어길 수 있을지, 또는 자연스럽게 보다 빠른 가속으로 앞질러 가거나 우위를 선점할 수 있을지에 대한 유혹에 맞닥뜨린다. 증진시켜야 하는 가속도와 더욱 숙련된 기술은 모두가 추구해야 할 사회적 소명으로 종용되는 히스테리 속에 더욱더 똑똑해smart지는 방법만이 이 시대를 살아남을 불행의 길이 되기도 한다. 애당초 페어플레이의 완전한 조건은 없다. 누가 더 유리한 규칙을 정하냐의 보이지 않는 주도권 쟁탈전이 있을 뿐이다.

사회학자 노르베르트 엘리아스Norbert Elias가 "스포츠 경기는 인간의 폭력성을 통제함과 동시에 신체적 노력과 기술이 수반되는 투쟁의 즐거움과 흥미를 제공하는 인류의 위대한 사회적 발명"(『스포츠와 문명』)이라고 칭한 부분은 19세기 서유럽의 산

Kyungwoo Chun, *Perfect Relay*
Participants, 2012

업화와 의회제 발달의 배경을 이해할 때, 그리고 인간의 야만적 본능에 대한 통제가 절실했던 서구의 사회적 문제를 공감할 때에야 적용될 수 있다. 이 시대에는 매일 성공하고 싶은, 이기고 싶은 본능에 기회를 부여할 새로운 버전의 소비 장치가 만들어진다. 이때 드러나는 '실패failure'의 정의는 성공과 실패를 구분 지으려 할 때 비로소 존재한다. 올림픽 생중계 방송에서 나는 유독 카메라로부터 멀어지고 있는 패자나 넘어진 선수의 움직임과 표정을 주시한다. 새로움이란 그들에게서 더 많이 보이기 때문이다.

한국에서 올림픽이 처음 열렸던 해, 막 20대에 들어선 나는 마치 올림픽이 우리의 사명인 양 떠들썩해진 사회의 집단 최면으로부터 벗어나기 위해 여행을 떠났다. 가방에는 제목이 맘에 들어 우연히 손에 잡은 장 그르니에의 『섬』과 함께 카메라를 챙겨 넣었다. 마치 스무 살의 알베르 카뮈가 처음 이 책을 발견하고 흥분된 마음으로 집으로 달려가던 기분을 흉내라도 내볼 요량으로 지도를 펴 들고 작은 섬들이 밀집된 고군산군도로 향했다. 그곳에서 나는 처음으로 섬은 바다가 있음으로써 섬이될 수 있음을 보게 되었다.

QR코드를 스캔하시면
「Perfect Replay」 퍼포먼스-비디오를 감상하실 수 있습니다.

Kyungwoo Chun, *Ordinary Unknown*
Peformance, 2015
Sunaparanta-Goa Centre for the Arts, Goa

Kyungwoo Chun, *Ordinary Unknown*
Peformance, 2015
Sunaparanta-Goa Centre for the Arts, Goa

ORDINARY UNKNOWN

인간이 세상에 태어나 처음으로 경험하게 되는 완전한 믿음과 사랑은 아마도 어머니로부터 젖을 받아먹는 순간일 것이다. 그 순간을 기억할 수 있는 사람은 아무도 없겠지만 다행히도 이 숭고하고 견고한 기억은 무의식 속에 남겨져 언제라도 되살아날 수 있다.

「Ordinary Unknown」은 인도 고아Goa 지방의 미술관 수나파란타Sunaparanta에서 처음 이루어졌다. 이 퍼포먼스는 한국식 식사 관습의 일상적 경험들로부터 구상되었지만 여러 가지 음식을 동시에 함께 먹는 방식이 우리와 유사한 인도에서 기다렸다는 듯 첫 기회가 찾아왔다. 말로는 도저히 묘사할 수 없는 강렬한 맛과 향을 최소의 입자로 줄여놓은 듯한 인도의 풍부한 향신료의 역사에 대한 호기심만큼이나 나는 이 미지의 조건들에 마음이 끌렸다. 도와주시는 분들과 함께 고아로 향하기 전, 포르투갈의 지배 역사와 무역의 중계지역으로서의 문화적 영향, 바닷가라는 자연환경으로 인해 독특한 음식 문화가 발달한 이곳의 음식들을 조사하였다. 유명한 생선 커리를 비롯, 이 지방의 음식들을 생김새와 맛, 무게, 색, 향 등으로 분류하고 하나씩 맛보는 시간을 통해 음식의 유래들을 조금이나마 알게 되었다. 그러나 나에게 부재한 이 음식들에 관한 사람들의 사적인 기억들은 감히 범접할 수 없는 고귀한 영역임을 감지할 수 있었다.

얼핏 보면 마치 큰 잔치의 광경 같은 이 한 끼의 식사 행위를 위해서 나는 한 가지 전제 조건을 준비하였다. 그것은 앞에 앉은 낯선 사람에게 일정 시간 동안 자신의 취향대로 음식을 먹여주는 것이다. 이를 위해 우리는 이곳에 살지만 서로 면식이 없는 성인 참가자 30명을 초대하기로 하였다. 그리고 상대방이 누구인지 알지 못한 채 단 한 번뿐인 이 긴 상차림 앞에서의 경험을 위해 공간 구성과 동선, 시간 등의 요소에 대한 몇 차례의 시뮬레이션을 해보았다. 무엇보다 각 음식들의 특성을 점검하고 동일한 그릇에 담길 음식 열 가지를 선별하였다. 마지막으로 이 음식들의 최고의 맛을 내줄 이 지역 요리사를 찾았다.

Kyungwoo Chun, *Ordinary Unknown*
Peformance, 2015
Sunaparanta-Goa Centre for the Arts, Goa

오래전 도쿄에서 전시를 마치고 미식가인 한 사진평론가와 함께 식사를 한 적이 있었다. 한국과 일본 음식의 차이에 관해 주점을 옮겨 가며 밤늦게까지 이야기를 나눴다. 각자가 주문한 두 가지의 메뉴가 마치 서로의 영역을 침범하지 말라는 경계인 듯 보이는 사각 쟁반 위에 가지런히 놓인 모습이 화두가 되었다. 일본 음식은 섞어 먹는 일이 드물고 대부분 앞접시를 이용해 각자의 몫을 구분해놓고 먹는, 눈에 보이는 것이 명확히 자신의 몸으로 들어감을 확인할 수 있는 서양식 관습과 유사한 반면, 한 식탁에 앉아서도 각자가 입안에서 어떤 맛을 만들어 가며 얼마나 먹었는지를 잘 알 수 없는 동시성과 즉흥성이 존재하는 한국식 식사 방식은 나의 다음 작업들에 분명한 영감을 주었다.

고아에서의 약속한 날, 퍼포먼스를 위한 음식이 준비되었고 하나로 연결된 긴 테이블을 완성한 후 잠시 자리에 앉아보았다. 언젠가 안트베르펜에서 우연히 만난, 오로지 아주 긴 테이블 하나만이 놓여 있어 누구나 옆에 앉거나 마주 보고 식사를 할 수 있었던 작은 식당에서의 기억이 떠올랐다. 긴 테이블이 갖는 일체감과 익명성은 누구와 무슨 이야기라도 소화할 수 있을 것 같은 순수한 종이 한 장과도 같이 느껴졌다. 마침내 첫 번째 참가자가 도착했고 여느 때와는 달리 파티에 초대받은 듯

Kyungwoo Chun, *Ordinary Unknown*
Peformance, 2017
Buk-Seoul Museum of Art, Seoul

Kyungwoo Chun, *Ordinary Unknown*
Peformance, 2017
Buk-Seoul Museum of Art, Seoul

유독 잘 차려입은 모습의 참가자들을 우리는 반갑게 맞았다. 그리고 몇 가지의 지침을 설명하였는데 '테이블에 놓인 음식들을 자신이 좋아하는 순서와 선택으로 앞에 앉은 상대에게 먹여줄 것' '눈빛이나 몸으로 서로의 감정을 표현하지 말 것' 등이었다. 이어서 우연의 순서대로 마주 보는 사람이 정해진 후 모두가 자리에 앉았다. 가속으로부터 벗어나 예측 불가의 일들을 받아들이기로 무언의 약속을 한 그들은 이윽고 시작과 함께 낯선 파트너에게 조심스레 음식을 먹여주기 시작하였다.

　모두가 먹여주고 또 믿음을 보여주며 받아먹을 때까지 짧지 않은 시간이 지속되었다. 원래 알던 음식에 대한 기억의 우연하고 새로운 관계 맺음은 기존의 인식으로부터 벗어날 기회를 제공한다. 같은 음音이나 말言이라도 순서와 조합에 따라 전혀 다른 멜로디와 음율, 다른 의미가 새겨지듯이 같은 음식이라 할지라도 먹는 순서와 속도, 입안에서의 조화에 따라 전혀 다른 식사가 될 수 있다. 그리고 이 모든 것을 신비하게 바꾸어놓을 수 있는 한 가지 조건, 마주 앉은 사람. 나는 함께한 사람들이 오늘 저녁 경험한 이 한 끼의 식사를 이들의 인생만큼이나 알지 못한다. 그런데 이날은 정말로 많은 참가자들이 자신의 경험을 들려주고자 했으며, 저녁에 이어진 '작가와의 대화'에서는 무언가 꼭 할 말이 있는 듯한 눈빛의 한 노년 여성이 먼저 이야기를 시작하였다. 자신은 평생 건강히 생활해왔기에 어릴 적 이후로 칠십 평생 누구도 본인의 입에 한 끼의 식사를 먹여준 일이 없었노라고, 그런데 오늘 저녁 앞에 앉은 이름 모를 한 청년이 자신에게 처음으로 음식을 먹여주어 고마움을 느꼈노라고. 어떤 젊은 여성은 한 달 전까지 병석에 있던 말기 암의 어머니를 위해 처음으로 음식을 먹여드렸으나 이제는 더 이상 그럴 기회가 없다고 전하며 놀랍게도 처음 마주한 사람에게서 어릴 적 어머니가 먹여주시던 맛을 경험하였노라고 들려주었다. 나는 그날 저녁만큼은 끝나버린 이 퍼포먼스에 나 스스로가 참가자가 되지 못한 것을 아쉬워하며 잠이 들었다.

브리야사바랭J. A. Brillat-Savarin의 "당신이 무엇을 먹는지 말해보세요, 그럼 당신이 누구인지 말해주지요"라는 유명한 말을 상기하지 않더라도 한 사람이 먹는 음식은 그 사람의 정체성을 나타낸다는 말은 어렵지 않게 납득할 수 있다. 그러나 이 말은 자신의 입을 위한 선택의 가능성들을 부여받은 이들에게만 해당된다. 자신의 접시만을 비우는 것이 아니라 준비한 음식 모두를 한 상에 올려두고 자신의 밥과 국을 제외한 반찬과 요리들을 매번 다른 조합으로 집어 먹는 한국의 식사 관습은 생각할수록 멋있고 인간적이다. 한 끼를 위해서 매우 즉흥적이고 창의적이어야 하며 같이 먹는 사람들 간의 관계에 따라 각자의 입안에서 자신만의 비밀스러운 맛이 결정된다. 밥 한 숟가락을 입에 넣고 생선이 담긴 접시를 향해 가던 젓가락을, 생선을 특히 좋아하던 동생의 젓가락 방향을 감지하는 순간 다른 접시로 우회시키는 민첩함과 같은 일들이 수없이 일어난다. 많은 어머니들은 자식들의 건강과 선택을 살펴가며 자신의 입맛과 반대되는 음식을 택해 한 끼를 해결하곤 하셨다. 어떠한 조합의 맛으로 다음번을 결정할지 모를 즉흥적인 선택으로 매번 입안에 작은 비빔밥이 만들어진다. 만약에 같은 날을 아주 천천히 한 번 더 살 수 있다면 이 모든 것들을 만끽할 수 있을 텐데 우리에게는 오로지 단 한 번의 기회만이 주어진다. 요즘 들어 팔순을 넘긴 어머니와 자주 식사를 함께하면서 나는 그녀의 진짜 입맛을 이제야 제대로 알게 되었다.

Kyungwoo Chun, *Silence is Movement*
Peformance, 2010
Laznia-Center for Contemporary Art, Gdansk

Kyungwoo Chun, *Silence is Movement*
Video based on peformance, 2004

고요함은 움직임이다

「Silence is Movement(고요함은 움직임이다)」는 시간과 공간 이동에 관한 퍼포먼스이다. 임의로 주어진 7분이라는 시간 동안 타인과의 일시적 관계가 동시다발적으로 이루어지고, 그 안에서 예기치 않은 작은 충돌Konflikt들이 일어나는 내용으로 구상되었다.

지루함 등의 신체적 반응을 가장 순수하게 드러낼 어린이들을 먼저 초대하고자 하였기에 이 퍼포먼스는 서울의 한 초등학교 학생들과 함께 처음 이루어졌다. 한 반의 어린이 참가자들 16명은 사전에 다른 한 명의 급우를 선택한 후 눈을 감고 의자에 앉을 것을 요청받았다. 침묵한 가운데 7분을 속으로 세고,

각자의 7분이 경과하면 선택한 사람의 자리로 이동하도록 했으며 자신이 선택한 참가자가 아직 시간 세는 것을 마치지 않았을 경우에는 옆에서 기다리기로 했다. 5분이 채 안 되어 눈을 뜨고 선택한 친구의 자리로 옮겨 간 한 소년은 자신과는 다른 그 친구의 시간이 다 되길 기다려야만 하였다. 이 소년은 처음의 진지한 모습과는 달리 10분이 경과되자 몸을 비틀어가며 지루한 기다림을 견뎌내야 했으며 기다림의 시간은 더욱 느리게 흘러갔다. 15분이 훨씬 지나서야 모든 참가자들의 7분이 경과했으며 모두가 새 자리에 앉을 때까지 크고 작은 우연의 충돌들이 고유한 동선을 그려내며 이루어졌다. 후에 폴란드 라즈니아현대미술관에서 여러 계층의 관객들과 함께 행해지기도 한이 퍼포먼스는 나에게 침묵의 언어를 처음 가르쳐준 존 케이지John Cage에 대한 오마주이기도 하다.

19세기 사진의 출현은 이후 인류의 기억 방식, 시간 인식을 크게 바꾸어놓았다. 사진은 순간을 영속적으로 붙잡아두고자 하는 인간의 욕망을 충족시킨 동시에 과거의 모습을 들여다볼 수 있게 해주었고 덤으로 자신의 늙어감을 지속적으로 확인시켜주었다. 마치 신이 인간에게 시간을 감지할 수 있는 능력과 더불어 각자에게 주어진 시간이 죽음을 향해 달려가고 있음을 인식하는 능력을 선물해주었듯이 말이다. 지금 시대에 그 속도

19min, 45sec   *22min, 47sec*

25min, 48sec   *32min, 36sec*

50min, 28sec   *52min, 35sec*

Kyungwoo Chun, *18 ×1 Minute*
Video based on peformance, 2004
Fundación Centro Ordónez, Falcon de Fotografla, Donostia-San Sebastian

Kyungwoo Chun, *18 ×1 Minute*
Peformance, 2012
Staedtische Galerie Delmenhorst, Delmenhorst

는 시간의 효율적 사용으로 말미암아 점점 더 빨라지고 있다. 시간을 소유하고자 하는 우리의 열망은 결국 누군가의 얼굴이나 특별한 순간을 사진에 담아놓게 한다. 그러나 사진 속 10년 전 나의 모습은 이미 존재하지 않지만 사진을 마치 거울처럼 바라보고자 안간힘을 쓰기도 하는 것처럼 역설적이게도 그 사람 또는 그 순간의 부재를 더욱 각인시켜주기도 한다.

촬영된 사진이 아직 필름에 잠상潛像으로 담겨 있어야 했던 시절, 나는 수많은 해를 어두운 암실에서 지냈다. 낮과 밤을 구분하기 어려운 그 시간은 마치 과거로부터 스스로에게 보내온 유보적인 현재를 기다리는 과정과도 같았고 그 현재의 이미지는 현상現像을 통해서야 비로소 모습을 드러냈다. 현상액 속의 하얀 인화지는 후설E. Husserl이 말하는 과거의 잔상과 미래의 환상으로 이루어진 현재에 대한 인식처럼 아직 형상이 드러나기도 전에 나에게 사진으로 보여지곤 하였다. 기억과 일치되는 이미지를 찾다 보면 허기짐과 함께 밖은 어느새 밤에서 낮으로 변해 있었다. 사진은 주로 '과거' '기억'으로 이야기되지만 사실은 과거를 담은 '현재'에 관한 것이다. 그리고 기억은 미래를 향해 지속적으로 변화될 준비를 하고 있다.

학교에서 배워온 사진의 전통적 방식, 순간을 최대 속도로 잡아내고 대상과의 일방적인 관계 맺기에 대한 나의 회의가 한

Kyungwoo Chun, *0 Minute*
Peformance, 2005
Artforum Berlin, Berlin

계치에 다다랐을 때였다. 스튜디오 안에서 대상이 되는 인물들 간의 교감으로 일어나는 미세한 기운들, 우리가 모르던 감각들을 깨우는 사진을 통한 이 경험들이 과정만을 드러내는 퍼포먼스의 발단으로 자연스레 이어졌다. 이것이 나로 하여금 사진이 없는 확장된 사진, 비로소 시간의 양quantity이 아닌 시간의 질quality에 대한 필연적 구상들을 시작하게 한 계기가 되었다. 그리고 하나의 방향만을 향한 보편적 서구식 시간 개념은 차치하고 우리 안에 하나씩 담긴 자연과 함께하는 내적 시간의 드러남이 그 관심의 중심이 되었다.

퍼포먼스 「Silence is Movement」는 앞서 처음으로 행했던 시간의 주관적 인식에 관한 사진 연작 「reMEMBERed」(2001)의 제작 과정을 통한 경험이 그 바탕이 되었다. 「reMEMBERed」는 성인이 되기를 기다리는 독일의 청소년 참가자들이 상징적으로 선택한 18분의 시간이 담긴 그룹 사진들이다. 스페인의 연례 미술 행사인 ARCO Madrid의 초청으로 본격적으로 이루어진 비디오 퍼포먼스 「18×1 Minute」(2003)은 참가자들이 준비된 의자에 앉아서 시계 없이 18분을 속으로 셈하는 내용이다. 우연의 조합으로 이루어진 일시적인 그룹의 참가자들은 상호 영향을 주고받으며 각자의 18분에 도달할 때까지 자리에 머물렀다. 매번 끝나는 시간을 예측할 수 없었던 이 퍼포먼스는 놀랍게도 한 시간 넘는 시간이 빈번하게 소요되면서 종료되었는데 평소에 시계를 차고 다니지 않는다던 한 이란 여성만이 정확히 18분 만에 자리를 떠났다. 이 단순한 퍼포먼스는 나이와 문화적 배경에 따라 시간의 인식이 다를 것이라는 편견을 보기 좋게 깨주기도 하였다. 노인들은 시간을 더 느긋하게 인식할 것이라고들 보통은 생각하지만 사실 누구와 어떤 장소에 있느냐에 따라서 그 시간은 놀라우리만치 다른 속도를 갖는다. 앞줄 가운데에 앉은 한 남성 노인은 가장 먼저 자리를 떴으며 라틴 지역의 사람들이 더 서두르거나 북유럽인 참가자가 더 인내하지도 않았다. 그저 개인마다, 그가 살아온 기억과 지금의 상태에 따라 다를 뿐.

누구나 학창 시절 도무지 흘러가지 않던 수업 시간과 사랑하는 사람과 함께한 쏜살같은 시간을 기억할 것이다. 각자의 18분을 지내는 동안 참가자들 중 한 명이 간지러운 콧등을 긁자 조금 후 두세 명이 콧등을 긁기도 하였으며 타인은 볼 수 없는 시간의 셈을 무의식적으로 빠르거나 느리게 하여 옆 사람 곁에서 끝까지 함께하거나 먼저 떠나는 일들도 일어났다. 이 퍼포먼스는 이후 스페인 북부 도시 산세바스티안San Sebastian을 거쳐 수백 명의 참가자들과 함께 여러 도시들에서 이루어졌다. 아마도 각자 자신의 삶의 길이에 비례한 18분으로 진행될 이 퍼포먼스는 의자만 있으면 어디서나 가능하도록 되어 있다. 나는 우리 삶의 총 길이를 알 때 비로소 각자의 시간을 정의 내릴 수 있다고 종종 생각하곤 한다.

「18×1 Minute」의 후속작 「0 Minute」(2005/2006)은 전시장에 피라미드 모형의 계단식 구조물이 설치되고 여덟에서 열 명의 다른 전시장의 관람객들이 매회 참여하는 퍼포먼스-설치이다. 참가자들은 계단의 가장 아래에서부터 각 층마다 300에서 0까지 숫자를 거꾸로 세고 다음 계단으로 꼭대기까지 서서히 올라간다. 앉아 있는 사람들 간의 공간은 각자의 시간과 자리 선택에 따라 멀어지기도 좁아지기도 하며, 마지막 층에서 카운트다운이 끝난 참가자는 자리를 떠난다. 시간의 셈보다는 옆 사람에 대한 의식, 높은 곳으로의 공간 이동에 많은 신경을 쏟게 되는 이 불편한 카운트다운의 규칙은 사실 고도의 집중력을 발휘하지 않으면 쉽게 0에 도달하기 어렵도록 짜여졌다. 이들이 어떤 셈을 하고 있는지는 그저 각자의 몫이다. 베를린과 서울, 부산에서 이루어진 이 퍼포먼스의 참가자들은 모두들 한참 동안 마치 지금까지 살아온 인생을 돌아보기라도 하듯이 긴 사색에 잠겼다. 우연의 조합에 따른 일시적인 조형물 같은 형태가 계속 변해가는 이 과정은 정해지지 않은 자리와 함께 높이의 변화, 상이한 시간 인식에 따른 무리 짓기 등이 일어나게 되며 낯선 사람들과 서로 몸이 맞닿게도 된다.

Kyungwoo Chun, *0 Minute*
Peformance, 2006
Busan Biennale / Busan Museum of Art, Busan

개들은 시간의 흐름을 의식하지 못하므로 죽음을 두려워하지 않는다는 이야기가 있다. 매일 아침 여덟 시면 어김없이 문 앞에서 밥을 기다리고 있는 우리 집 토도를 보면 그 말에 완전히 동의할 수는 없지만 적어도 개들은 인간만큼 시간에 연연하지 않으며 그저 '지금'에 충실한 듯 보인다.

Kyungwoo Chun, *Versus*
Performance, 2011
Times Square, Times Square Alliance, New York

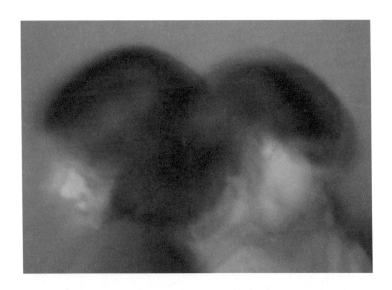

Kyungwoo Chun, *Versus*, 2007
chromogenic print, 66×90cm

VERSUS

고대 중국인들이 사람 인人 자를 나我라는 의미로도, 타인이라는 의미로도 이해하였음은 흥미로운 일이다. 프로젝트 「Versus」는 우리가 혼자이길 바람과 동시에 타인을 필요로 한다는 이중적인 사실에서 출발하였다.

그 시작이 될 사진 연작을 위해 매일 아침 갓 구워 나온 브뢰첸Brötchen을 사 들고 브레멘의 베저강 가에 있는 작업실을 향해 자전거 페달을 밟았다. 사진은 나에게 있어 미지를 향한 시각적 탐구이지만 언젠가부터는 더 큰 잠재적 영역을 담고 있는, 카메라가 놓인 '공간의 작용에 관한 탐구'로 여겨지게 되었다. 나는 이 작업에 참여하길 희망하는 주변의 인물들을 각기 두 명씩 짝 지어 초대하였다. 사람들과 함께하는 작업은 어떤 프로젝트라도 결코 작가 마음대로 되지 않음을 어쩔 수 없이 받아들이게 되는 과정이다. 이는 평정심과 겸손함을 조금 더 갖게 해주지만 불안감 또한 감수해야 한다는, 변하지 않는 작업의 전제 조건이 되기도 한다. 그러나 이 위태로움은 어느덧 내가 사랑하는, 새로운 발견을 위한 설렘과 흥분의 여건이 되어 있었다. 매번 두 사람과 함께한 이 작은 실험을 위해서 우리는 대화를 나누었고 참가자의 나이를 한 장의 사진 촬영 시 노출 시간의 길이(分)로 여김에 동의하였다. 그리고 서로의 어깨에 얼굴을 기대어 이 약속된 긴 시간을 채워나갔다. 두 사람의 조우가 섞어놓은, 사진에만 존재하는 색들과 수없이 많은 중첩들은 한 장의 이미지로서 답하고 있다. 실제에 가까운 이미지를 선명하게 재현하는 긴박한 과정의 보편적 사진 방식과는 달리 이 조용하고 느린 19세기와 별반 다르지 않은 조건의 시간은 참여자가 함께한 공간의 소리와 냄새, 온도, 움직임들을 예민하게 감지하는 것을 허락해준다.

나는 인물 사진을 대할 때 '모델'이라는 표현을 좋아하지 않는다. 이는 카메라 앞의 대상과 사진가의 일방적인 역할에 대한 각인 같은 인식을 담고 있기 때문이다. 적어도 나의 사진에서 한 공간 안의 인물들은 카메라를 사이에 두고 교감하며 모두가

Kyungwoo Chun, *Versus*
(위) Performance, Barcelona, 2007
(아래) Performance, Times Square, New York, 2011

Kyungwoo Chun, *Versus*
Performance, 2011
Times Square, Times Square Alliance, New York

사진 안에 존재한다고 나는 믿는다.

촬영이 이루어지는 동안 서로 기대고 있던 붉은 머리의 여인이 신기한 듯 작게 말을 건넨다. "기댄 친구의 심장박동이 크게 들려요, 체온이 뜨겁게 느껴져요." 불과 몇 발자국 떨어져 있지 않은 공간 안에서 경험한 이 두 인물들과의 시간은 같은 해 가을, 서울과 바르셀로나에서 100명의 참가자들과의 실현을 시작으로 6년간 7개국 7개 도시에서 각기 다른 환경과 사람들이 참여하는 퍼포먼스의 긴 여정으로 이어지게 되었다.

퍼포먼스 「Versus」는 서로 한 번도 만나본 적 없는 익명의 사람 50여 명이 공공장소에서 벌이는 프로젝트이다. 서울, 뉴욕, 바르셀로나, 리스본, 취리히, 괴핑겐, 로스킬레 등 7개국 7개의 도시에서 대륙을 오가며 이루어진 이 프로젝트의 조형적 영감은 한자 人, 사람 인 자에서 비롯되었다. 사람의 형상을 본떠 만들어진, 인간의 특징을 가장 잘 나타내고 있는 이 상형문자는 익히 알려져 있듯이 하나의 다리로는 설 수 없다거나 의존적일 수밖에 없는 인간의 모습으로도 해석된다. 서로 기댄 모습은 긴장감을 주는 조화, 혹은 대치와도 같아 보이지만 사실 기대어 있는 대상이 없다면 지탱하고 서 있을 힘조차 없다. 그리고 힘의 대치는 양방향성ambivalent의 의미를 함축하고 있다. 나는 우연히 마주 앉은 참가자들을 서로의 눈을 바라보는 일로부터 해

Kyungwoo Chun, *Versus*
Performance, 2007
Institul del Teatre / Casa Asia, Barcelona

Versus, Roskilde

Versus, Zurich

Versus, Goeppingen

Versus, Seoul

Versus, Lisbon

Versus, Zurich

Versus, Performance, 2007-2012

방시켜주고자 하였으며 대신 모두에게 평등한 조건의 지침을 전달하였다. 마주한 상태로 고개를 돌리고 서로 기대앉아 있는 시간은 상대의 얼굴보다는 자기 자신과 지금 이 장소에 반응하는 숨소리와 체온을 더 느끼게 할 수 있으리라 내심 기대하였다.

나는 두 개의 선으로 이루어진 이 한자(人)를 사람들이 앉을 수 있는 두 개의 거대한 벤치 모양으로 제작하였다. 장소의 특성에 따라서 매번 색을 다르게 정하였는데 7개의 도시 중 가장 긴 준비 시간과 많은 변수들과 싸워야 했던 타임스 스퀘어에서의 퍼포먼스 때에는 뉴욕의 건축가와 색에 관해 논의를 하였다. 나라마다 색의 이름이 조금씩 다르다는 재미있는 사실과 매일 전 세계에서 모여든 40여만 명의 사람들이 잠시 머물다 흩어지는 이 장소의 특색을 고려하여 하나의 색을 결정하였는데, 하늘색 계열의 그 색에는 '할머니의 스웨터grandma's sweater'라는 이름이 붙여져 있었다. 이 유머러스한 이름의 유래를 알아낼 수는 없었지만 나는 자연스레 내 할머니의 스웨터를 떠오르게 하는 이 엉뚱한 이름이 마음에 들었다.

공공장소에서의 퍼포먼스는 셀 수 없이 많은 예측 불허의 위험 요소들을 가지고 있다. 개방성과 익명성이 주는 공공장소의 자유로움은 때론 한없는 소외의 섬으로의 안착이 되기도 한다.

나는 우리에게 보통은 허락되지 않는 일시적인 행동의 기회를 하나의 핑계 삼아 퍼포먼스를 준비하였다. 이 모르는 사람과 정해진 시간 동안 한 몸처럼 몸을 맞대는 일은 경계를 넘어설 준비가 된 사람들에게 자신과 만날 기회를 주는 것이었다. 수많은 관람자들의 시선을 받으면서 말이다.

다양성을 위장하고 양적으로 팽창된 사회는 우리에게 경계를 넘지 말 것을, 비슷해질 것을 강요한다. 취리히 은행가街의 잔디 공원에서, 비 오는 날 독일에서, 서울 한복판 을지로에서, 벤치에 앉은 사람들은 모르는 사람에게 잠시 몸을 맡겼다. 몇 분 후면 각자의 길로 뿔뿔이 흩어질 참가자들은 마치 처음 만난 사람에게 비밀을 털어놓기라도 하듯 그 순간 서로 무한한 신뢰를 갖는 듯하였다. 모르는 사람에 대한 신뢰가 아닌 익명성의 보장과 규칙으로부터의 보호에 대한 신뢰……. 나와 마주하는 사람은 아무도 아니기에 더욱 나이다.

나는 작품에 참가했던 수많은 사람들의 이야기들을 가능한 나의 제한된 글귀로 옮기지 않고자 한다. 그 영역은 그들의 것이기 때문에, 그리고 지금 이 순간에도 조금씩 변하고 있기 때문이다. 그러나 매번 「Versus」가 끝날 때면 항상 몇몇 사람들은 무언가를 잊은 듯 선뜻 자리를 떠나지 못하고 주저하는 모습이 역력하였다.

Kyungwoo Chun, *Gute Nachrichten*
Peformance, 2012
Bremen-Seoul, Seoul

Kyungwoo Chun, *Gute Nachrichten*
Peformance, 2012
Bremen-Seoul, Seoul

좋은 소식

「Gute Nachrichten(좋은 소식)」은 내가 가장 많은 일상을 보낸 두 도시, 서울과 브레멘에서 이루어진 실시간 영상 중계 퍼포먼스이다. 한국을 떠나기 전 한때 검은 구두와 군청색 정장 차림의 회사원이 되어 매일 아침 을지로에 있는 빌딩으로 출근하는 몇 해를 보낸 적 있다. 좋은 사람들과의 인연으로 생각보다 길어진 이 시간을 처음 선택한 이유는 도시의 거대한 몸통과도 같은 빌딩숲 안으로 매일 아침 사라졌다가 어둠과 함께 쏟아져 나오는 비슷한 차림새의 수많은 회사원들을 바라보며 한 번쯤은 그 몸속 깊이 들어가 부대끼며 살아보고 싶던 젊은 호기심 때문이었다. 분명 작가로서 가장 많은 작업과 소통의

Kyungwoo Chun, *Gute Nachrichten*
Peformance, Bremen-Seoul, 2012
Museum Weserburg, GAK, Bremen

대상으로 삼으며 범할 보편적 삶에 대한 속단과 편견의 시각을 조금은 면해볼 기대를 내심 갖기도 하였다. 누군가가 만든, 지켜져야 할 수많은 보이지 않는 규율들과 인간으로서의 본능이 충돌하는 하루하루는 때론 배우로서 때론 관객으로서 참여한 즉흥 연극의 한 장면들 같았다. 이 기억은 훗날 어느 곳에서든 잠시 스쳐 가는 직장인들이 동료처럼 느껴지는 습성과 함께 여러 작품의 소중한 재료들이 되었다. 아마도 인생에서 이토록 위장과 정신을 알차게 채워갔던 낮 12시부터의 한 시간은 없었던 것 같다. 이메일이나 휴대폰조차 없던 그 시절 기억 중 하나는 다들 무언가 기다리는 소식이 있는 듯 책상 위의 전화기를 수시로 바라보는 모습이었다. 그때 나를 포함한 동료들이 어떤 중한 소식을 기다리는 것이었는지 모르겠지만 어쩌면 그 막연하고 사사로운 '좋은 소식'을 기다리는 힘으로 하루의 고단함을 견디고 있었노라는 생각을 해본다. 오늘날 우리는 온몸으로 소식을 기다린다. 그러나 불행한 소식과 마찬가지로 좋은 소식은 기대하지 않고 있을 때 불쑥 찾아온다.

디지털 문자의 소통은 각자의 정보 해독을 통한 상상을 요구한다. 이 신호는 자주 오해를 낳는데 대화 중의 침묵이나 글자를 쓰다 잠시 숨을 고르는 동안 종이에서 엿보이는 빈 공간들은 감지될 수 없기 때문이다. 오늘날 소통은 넘쳐나지만 공감의 분별력은 희미해졌다. '소통의 과속'은 우리로 하여금 껍데기에 집착하게 하고 고속 열차를 타고 달려가듯 귀한 풍경들을 놓치게 만든다. 이제는 손과 붙어버린 스마트폰에 대한 습관적인 응시는 그것을 자신의 존재를 지탱해줄 손잡이로 여기기 때문이기도 하지만 누구든 희망의 실마리를 놓고 싶지 않아 하는 기대감 때문이라고 짐작하는 것이 더 타당할 것 같다. 전화기를 들고 메시지를 눌러 보내지만 내 신호가 의도한 방향과 달리 어디로 날아갈지는 정확히 알 수 없다. 한번은 몇 년 전 보낸 엽서를 받지 못한 한 지인으로부터 '그때 그 마음을 놓쳐서 참 아쉽네요'라는 말을 들은 적이 있다. 타이밍이란 어쩌면 인간의 소관은 아닌 듯하다.

20여 년이 지나 신기하게도 바로 그 거리에서 새 작품을 실현할 기회가 생겼다. 그리고 장소가 그곳이라는 이유만으로 초대에 응할 것을 선뜻 결정하였다. 얼마 후 서울과 오가며 살고 있는 도시 브레멘의 미술관과 함께 문화적 배경이 다른 두 도시 사람들의 숨겨둔 소식을 통한 만남을 시도하기로 하였다. 우리는 브레멘 도심가의 직장인에게 평소 받고 싶었던 문자 메시지를 신중히 생각하여 하나씩 적도록 부탁하였고 이 메세지들을 그들의 휴대폰 번호와 함께 서울의 전시장에 설치하였다. 을지로 전시장 주변 퇴근길 직장인 등의 참가자들은 각자 본인

Kyungwoo Chun, *Gute Nachrichten*
Peformance, Bremen-Seoul, 2012
Museum Weserburg, GAK, Bremen
(위) Seoul, (아래) Bremen

Kyungwoo Chun, *Gute Nachrichten*
Peformance, Bremen-Seoul, 2012
Museum Weserburg, GAK, Bremen
(위) Seoul, (아래) Bremen

들 스스로 기대하는 좋은 소식들을 쪽지에 써보기로 하였으며 브레멘과 서울 각각 스무 명씩의 참가자들은 카메라와 대형 스크린을 통해 실시간의 만남을 약속하였다.

드디어 그날이 되었다. 그리고 브레멘의 오후 12시 30분, 서울의 저녁 7시 30분을 약속 시간으로 정하고 각기 낮과 밤에 서로를 마주하였다.

우리가 2세를 갖게 되었어요!

마지막 숨결만으로도 나비를 날아가게 할 수 있어요.

예, 잘되고 있어요.

곧 야자수 아래서 보내게 될 휴가에 당신이 함께하면 좋겠어!

너의 생일날 알게 될 거야, 넌 해냈다는 것을!

우리 아직 서로 기억하나요?

당신은 자신이 이끄는 현악4중주단에서 바이올린 연주자가 될 겁니다!

드디어 조랑말 한 마리를 받게 되었어요!

당신은 정말 보배입니다!

걱정하지 말아요, 당신은 모든 걸 할 수 있는 힘과 시간을 갖고 있어요.

아니야, 그렇게 하지 않아도 돼.

안녕하세요, 한번 해볼까요?

이란의 새 정부가 이슬람법을 폐지했어요!

사랑하는 당신과 평생을 행복하게 보낼 거야.

당신은 오늘 모든 걸 담은 무한한 사랑을 받게 됩니다.

브레멘에 한국 자동차 공장이 생겨서 일자리가 생겼습니다!

난 지금 무작정 기차에 올라탔어. 이제 몇 시간 후면 당신 앞에 도착할 거야.

모든 것이 잘될 거예요.

새들은 다윈이 이야기한 것보다 훨씬 더 많은 노래를 합니다.

당신과 다시 한 번 만나고 싶어요.

서울에서 만남을 기다리던 참가자들은 위와 같은 브레멘에서 전해온 희망하는 메시지들을 차분히 읽고 자신이 가장 공감하는 내용을 하나씩 골랐다. 그리고 스스로 받고 싶은 소식과 함께 종이비행기를 하나씩 접었다.

이윽고 긴장된 약속의 시간이 되었다. 한 명씩 조심스레 일곱 시간 이전 세상의 화면 건너 사람들을 향해 비행기를 겨냥하며 전화번호를 차례로 눌렀다. 그러자 침묵의 기다림 속 반대편에서 누군가의 전화벨이 울렸다. 브레멘의 참가자들은 자신의 전화기가 울림과 동시에 원하는 방향으로 종이비행기를 힘껏 날렸다. 자신이 바라던 메시지를 지구 반대편 누군가가 공감한다는 그저 그 사실 하나의 힘으로.

Kyungwoo Chun, *The Weight*, 2016
Exhibition view
MAC-VAL-musée d'art contemporain Val-de-Marne, Vitry-sur-Seine

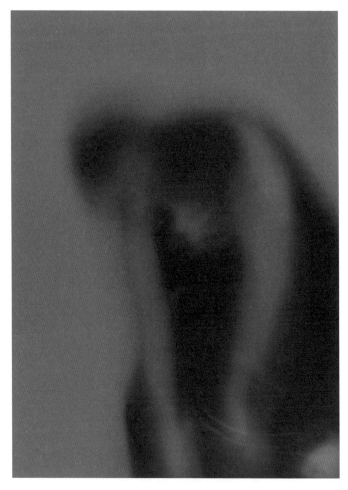

Kyungwoo Chun, *The Weight* #2, 2016
chromogenic print, 170×125cm

무게

사람의 몸무게를 측정하는 일은 신기한 경험이다. 몸무게는 먹어가는 나이만큼 늘지도 않고 가벼워진 마음만큼 줄지도 않는다. 나의 무게에 타인의 무게가 더해진다 하여도 짊어져야 할 무게는 아마도 둘의 합은 아닐 터이며 스스로의 무게를 얼마나 잘 지탱하고 있는가, 타인의 무게를 감당할 의지와 힘이 얼마나 있는가에 따라서 그 무거움은 다를 것이다. 철학자 한병철은 '자신으로 존재함은 단순히 자유롭게 존재함을 의미하지 않는다. 자신은 짐과 부담이기도 하다. 자신으로 존재함은 짐을 짊어지고 존재하는 것이다'라고 인간이 이미 짊어진 자신의 존재의 무게에 대한 정의를 내린 바 있다.

From the project *The Weight*, 2015-2016
MAC-VAL-musée d'art contemporain Val-de-Marne, Vitry-sur-Seine

파리 근교 도시 이브리쉬르센Ivry-sur-Seine의 한 고등학교에는 막 이민 온 가정의 프랑스어가 서툰 청소년들을 위한 특별 학급이 운영되고 있다. 처음 이 학교에 관심을 갖게 된 이유는 내 스스로가 낯선 나라에서 살아가기 위해 새로운 언어를 익혀야만 했던 이방인으로서의 경험이 되새겨졌기 때문이다. 불안하고 불편한 일상의 시간이지만 언어의 제약이 일깨워주는 인간의 본능을 발견하는 새로운 경험이었다. 이때는 잠시 어린아이로 돌아간 듯 대화는 단순해지며 말보다는 서로의 얼굴 표정을 더 살피게 된다. 그리고 몸짓과 의성어 등 떠오르는 동물적 방법들이 총동원된 소통이 이루어진다.

이브리쉬르센에서 이루어진 불안하고 맑은 눈빛의 10대들과의 첫 만남도 그러하였다. 이들에게 우리의 계획을 소개하기 위해 나는 진땀을 흘렸다. 청소년기인 데다가 불확실하고 낯선 환경까지 마주한 이들은 도움을 절실히 필요로 하는 듯 보였고 모든 것이 조심스러웠다. 나는 이들을 주인공이자 참여자로 초대하는 프로젝트를 원하였으며 학생들과의 시간을 축복으로 여기는 마음씨 좋은 부르빅Bourvic 선생님과 함께 작은 워크숍을 통해 조금씩 가까워졌다. 하루는 모두가 누군가의 몸을 책임지고 지탱하는 방법에 대해 몸동작으로 보여주는 연습을 제안하였다. 복잡한 설명은 필요치 않았다. 이란, 대만, 이탈리아, 폴란

Kyungwoo Chun, *The Weight #8*, 2016
chromogenic print, 85×60cm,

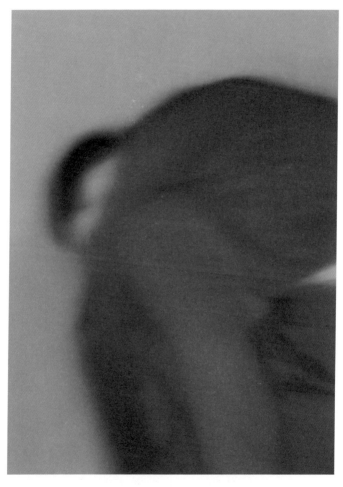

Kyungwoo Chun, *The Weight #1*, 2016
chromogenic print, 170×125cm

Kyungwoo Chun, *The Weight*, 2016
MAC-VAL-musée d'art contemporain Val-de-Marne, Vitry-sur-Seine

Kyungwoo Chun, *The Weight #3*, 2016
chromogenic print, 110×170cm

드, 러시아, 중국 등 각기 다른 나라에서 온 학생들은 손바닥을 마주하고 서로를 지탱하거나 어깨에 올라타는 등 이런저런 방법들을 시도해보았다. 그리고 얼마 후 우리는 미술관에서 준비해준 스튜디오에서 사진을 위한 퍼포먼스를 함께 하기로 약속하였다.

오늘날 타인과 물리적으로 접촉할 기회는 점점 더 사라지고 있다. 기술의 진보는 인간이 더 이상 타인—또는 진짜 인간—을 필요로 하지 않고도 삶을 영위할 수 있는 가능성을 향해 매진한다. 인간은 점점 몸으로부터 유리되고 육체와 생산이 직접 연결되는 일 또한 줄어간다. 하루하루 더욱더 지적인intelligent 인간이 되어야만 한다. 그리고 누군가와 마주할 필요가 점점 없어지는 사람들은 끊임없이 접하게 되는 고속 정보 속 무거운 타인들의 이야기를 작고 가볍게 인식하는 무감각의 훈련을 반복하며 살아간다. 그 무게감을 제대로 느껴보기도 전에 새 정보들의 밀어내기로부터 면죄부를 받기 때문이다. 대신 타인의 삶에 관한 불확실한 조각들로 뒤엉킨 기억의 비만해져감은 멈출 수 없고, 의미 있는 이미지는 좀처럼 무게를 얻기 어려워진다. 인간다움이란 주제를 평생 다루어온 수전 손택Susan Sontag의 세계관을 바꾸어놓았던 그녀가 열두 살 때 접한 유대인 수용소 사진 한 장과도 같은 이미지의 힘도, 그것을 감지할 사람도 없게 되었다.

몇 달 후 점차 프랑스어를 익혀가는 이 청소년들을 다시 만났을 때, 이들의 일상은 어느덧 조금은 여유로워져 있었다. 나는 서둘러 우리의 약속을 이행하기로 하였다. 모하메드, 아델, 마마두, 비앙카, 율리아, 유셉, 쉬, 지킨, 켄자, 아쉬라프, 다니엘, 와리드, 로니, 밀레, 지무, 마달레나, 총 열여섯 명의 참가자들은 며칠 동안 짝을 지어 스튜디오로 왔다. 각자 한 명의 급우를 등에 업고 얼마나 지탱할 수 있을지 생각해보고 상대를 짊어질 시간을 정해보았다. 키가 제일 큰 로니는 밀레를 업기로 하고 아델은 마마두를 책임지기로 하였다. 대만에서 온 작은 키의 다니엘이 의외로 몸집이 훨씬 큰 지무를 선택하였다. 체구가 다르고 몸무게도 다르지만 모두들 한 사람씩을 일정 시간 등에 업기로 하였다. 각자 자신 있는 몇 분간을 마음먹어보지만 몸무게에 더해지는 진정한 무게를 결정지을 시간과 마음의 무게는 실제 경험을 통해서야 비로소 알아차리게 된다. 노란색 축구팀 셔츠를 입고 나타난 와리드처럼 모두들 좋아하는 옷을 입고 나타났다. 드디어 촬영이 시작되어 조명과 함께 노출 시간을 측정하고 마음을 단단히 먹은 두 사람에게 시작 신호를 보냈다. 정작 시작해보니 누군가는 약속과는 달리 단 1분도 안 되어서 업은 자세가 쉽게 무너지는가 하면 누군가는 마치 오랜 훈련이라도 한 것처럼 안정된 하나의 몸이 되어 10분이 넘도록 버티었다. 우리는 서두르지 않기로 하고 각각의 경험들에 대해서 이야기를 나누었다. 의지가 되거나 의지하는 것은 혼자 할 수 있는 일이 아니다. 누군가를 오랫동안 업거나 안는 일은 상대가 업히거나 안길 준비가 되었을 때 비로소 가능한 일이다. 이어서 가장 효율적이고 편안한 마음과 자세를 찾는 시간들이 지나갔다. 그리고 우리의 계획대로 퍼포먼스와 촬영이 서서히 이어졌다.

서양인들에게는 낯설 이 프로젝트는 우리가 어릴 적 어머니의 등에 업혀 자라던 모습에 첫 영감을 두고 있었지만 나로서는 정작 등에 업힌 아이들은 그것을 기억할 수 없다는 사실이 흥미롭다. 사진이나 전해 들은 이야기만으로도 어머니의 등에 업혀 침 흘리며 잠들던 기억이 살아나는 것 같다.

우리의 삶은 누군가와 연결된 무게와 제한적인 시간으로부터 마침내 그 형태를 찾아간다. 그 무게는 짐이기도 하고 안정감이기도 하다. 존재의 밀도에 상응하는 적당한 무게를 갖는다는 것은 얼마나 어려운 일인가. 사진은 이제 물성조차 거의 갖지 않지만 모든 감각을 되살아나게 한다. 며칠 전 하나뿐인 사랑하는 이모님이 돌아가셨다. 나는 포대기에 싼 아이를 등에 업었지만 안정적인 그녀의 모습이 담긴 흑백사진을 본 적이 있다. 다섯 남매를 차례로 등에 업고 젊은 시절의 무게를 이겨냈을 그녀를 기억하며…….

Kyungwoo Chun, *Pause*
Performance, 2015
National Museum of Modern and Contemporary Art, Seoul

Kyungwoo Chun, *Pause*
Performance, 2015
National Museum of Modern and Contemporary Art, Seoul

PAUSE

오토바이 위에 몸을 구부리고 있는 사람은 오직 제 현재 순간에만 집중할 수 있을 뿐이다. 그는 과거나 미래로부터 단절된 한 조각 시간에 매달린다. 그는 시간의 연속에서 빠져나와 있다. 그는 시간의 바깥에 있다.

— 밀란 쿤데라, 『느림』 중에서

「Pause」는 서울 도심을 매일 빠른 속도로 달리는 오토바이 퀵서비스 기사들과 함께 이루어지는 '속도, 기억 그리고 공간 이동'으로부터 시작된 퍼포먼스 프로젝트이다.

처음 경복궁 옆 미술관으로부터 새 프로젝트를 제안받았을

Kyungwoo Chun, *Pause*
Performance, 2015
National Museum of Modern and Contemporary Art, Seoul

때 나는 제일 먼저 이들을 떠올렸다. 지금 이 도시의 길 위에서 이들처럼 상징적이고 역설적인 존재는 없다고 느껴왔기 때문이다. 마치 생물의 개체수가 증가하듯 도시산업의 생태계 속에서 빠르게 늘어난 이 시대 최고속의 운송 전문가들은 늘 손 닿을 만한 거리에 존재하고 있음에도 그와 동시에 사람들과의 거리를 유지하고 있다. 언제나 쫓기듯 앞만 보고 달리기 때문이다. 이들의 오토바이는 호출과 함께 목적지를 향해 최단 거리, 최대 속력으로 달려가야 한다. "24시간 악천후 비와 눈을 겁내지 않습니다" "항상 고객님 곁에서 잠들지 않습니다"라는 조금 어설퍼 보이나 의미심장한 어느 퀵서비스 회사의 광고 문구는 마치 철갑옷의 중세 기사들이 영주를 위해 목숨을 담보로 말 위에서 돌진하는 모습을 연상케 한다.

모순으로 가득한 이 기계에 속도의 능력을 위임한 이들의 현실을 작업 구상 과정에서 조금씩 알아가게 되었다. 신길동에 있는 퀵서비스 협동조합 사무실을 제일 먼저 찾았다. 중개 회사가 아닌 기사들의 얼굴을 직접 마주하고 이야기를 듣고 싶었기 때문이다. 한눈에도 강인함과 여림이 동시에 느껴지는 조합의 리더 김 이사장에게 나의 계획을 설명하고 작업에 참여해달라고 조심스럽게 제안하였다. 대화의 과정은 어느새 자본과 시간에 맞서 달리는 이들의 영화 같은 거리의 이야기를 듣는 긴 시간으로 바뀌었고, 삼겹살에 소주를 좋아한다는 그가 입고 있는 두툼한 보호복이 부드럽게 느껴졌다. 그리고 이들이 스쳐만 다니던 미술관 안으로 들어와 달리는 시간을 잠시 유보하는 이 퍼포먼스는 이제 필연적인 일이 되었다.

얼마 후 25명의 오토바이 기사들은 약속한 날 상대적으로 느리고 비일상적인 공간인 미술관에 일하던 모습 그대로 초대되었다. 다행히 빗줄기가 멈추고 참가자들을 환영하듯 거리가 깨끗해졌다. 하나둘씩 서로 다른 모터 소리를 내며 모인 참가자들은 오토바이의 자리와 오토바이 대신 앉아서 달릴 의자를 각각 부여받았다. 우리는 참가자들에게 기다리는 동안 먼저 미술관 전시를 관람하도록 권하였다. 잠시 살펴보니 적잖은 오토바이가 깨끗이 닦여 있었고 헬멧과 보호복에도 윤이 났다. 대부분의 기사들은 자신들의 땀도 함께 담긴 이 공공 미술관을 알고는 있었으나 늘 잠시 들렀다 나갔을뿐더러 한 번도 전시를 관람한 적은 없었다고 하였다. 순간 어떤 인터뷰에서 자본, 문화, 사람들로부터의 소외를 극복하려는 시도를 하고 있다는 한 기사분의 이야기가 떠올랐다. 나는 매일 목적지가 어디가 될지 모른 채 의뢰인의 주문에 따라 전속력으로 달려가는 이들에게 이날만은 타인이 아닌 자기 자신을 의뢰인으로 만들고자 하였다.

미술관 내 약속된 장소에 관객이 모여들고 미리 설치된 의자

Kyungwoo Chun, *Pause*
Performance, 2015
National Museum of Modern and Contemporary Art, Seoul

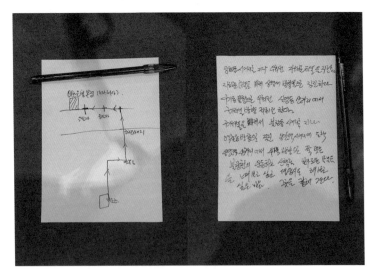

Kyungwoo Chun, *Pause*
Performance, 2015
National Museum of Modern and Contemporary Art, Seoul

위에는 종이 한 장과 펜이 놓였다. 그리고 기사들 모두 오토바이를 달릴 때와 같은 복장으로 각자의 자리에 앉았다. 이윽고 출발 신호와 함께 약속대로 자신이 '지금 달려가고 싶은 곳'을 마음속으로 한 군데 정하고 종이에 그 장소로 가기 위한 경로를 묘사하였다. 참가자들이 마음속에서 운전하는 동안 관객은 그들이 의자에 앉아 있는 모습만을 바라볼 뿐이다. 상상 속 실제의 목적지에 도달한 사람들은 자리에서 일어나 자신의 오토바이에 시동을 걸고 그곳을 향해 출발했다.

지금 서울의 퀵서비스 기사들의 하루를 알 리가 없을, 느림을 찬양하던 20여 년 전 한 소설가의 글처럼 달리는 오토바이 위에서 속도를 통한 진정한 망각에 이를 수 있을까? 일시적으로나마 엑스터시 상태에 다다를 수 있을까? 그 망각에 힘입어 미래의 두려움으로부터의 해방감을 잠시 떠올려보지만 적어도 이들에겐 현실이 아님을 곧 알아차리게 된다. 아무리 속도계를 높여도 하루의 벌이를 채워야 하는 머릿속의 셈은 잊히지 않기 때문이다. 급한 물건을 수령할 때 문 너머로 들리곤 하는 자기소개 "퀵입니다!"는 "퀵서비스입니다"를 줄여서 부르는 통상적인 행위이지만 자신을 '빠른'이라고 소개하는 모습은 의미심장하다. 더불어 회사들은 매일 서로 방아쇠를 당기듯 퀵을 쏘고 또 받고 있다. 이 위험천만한 고성능 기계, 보호복과 헬

Kyungwoo Chun, *Pause*
Performance, 2015
National Museum of Modern and Contemporary Art, Seoul

멧은 사람의 존재를 망각하게 하지만 달리는 것은 오토바이가 아니라 사람이다. 사고의 부상으로부터 자신을 보호해줄 두툼한 복장과 장비는 정작 보호받아야 할 자신의 내면을 지켜내기 위해서는 턱없이 부족한 두께를 가지고 있다. 대신 같이 달리는 선수 없는 시간과의 고독한 레이스가 도시의 도로 곳곳에서 펼쳐진다. 일상의 속도Geschwindigkeit의 개념은 최대 가속maximale Beschleunigung으로 변화되었다. 그리고 시간의 비가역성에 저항하는 욕망, 빠른 공간 이동에 대한 갈망은 속도가 충족되지 못하면 히스테릭한 반응을 보인다.

모든 참가자들은 각자 미술관에 앉아서 그려본 실제 목적지에 도착한 다음 그곳의 사진을 한 장씩 촬영하였다. 그리고 이 사진은 전송을 통해 축지법을 쓰기라도 한 듯 다시 전시장 관람객 앞에 등장한다. 이미지 전송은 오토바이와는 비교할 수 없을 만큼 극단적인 공간 이동을 가능하게 해준다. 하나둘씩 전송된 사진이 실시간으로 드러나고 그들이 떠난 자리의 벽에 걸리는 순간, 마음속에 담고 그들이 달려가고 싶었던 곳은 결코 특별한 장소들이 아니었음을 우리는 보게 되었다. 누나가 일하는 회사, 어린 시절에 다니던 학교, 텃밭, 불광천 산책로, 단골 빵집, 친구의 이발소 등.

Kyungwoo Chun, *Burden or Support*
Performance, 2009
Kunsthalle Bremen, Bremen

Kyungwoo Chun, *Pseudonym*
chromogenic print, 100×126cm, 2004

힘이 되거나 짐이 되거나

"의지를 하니 의지가 되네요." 함부르크에서 온 두 청년들이 마주 앉아서 상대방의 어깨에 손을 얹고 있을 때 잠시 농담처럼 던진 말이다. 사진 연작 「Pseudonym」은 두 사람이 마주 보며 긴 시간 상대의 어깨에 한 손을 올려놓는 작은 행위를 바탕으로 진행된다. 촬영은 이루어지지만 셔터 소리나 번잡한 움직임은 없는 조용한 작업실의 공간과 반나절의 작업 시간은 작은 변화들을 보다 깊이 감지하게 하고 가려진 창밖에 흐르는 물소리까지도 들리게 한다. 눈을 감으면 그 소리는 더욱 커진다.

사진을 촬영하는 일은 돌이켜보면 온통 모순투성이이다. 카메라 뒤에서 셔터를 누르는 그 순간은 작가가 정작 보지도 못

251

Kyungwoo Chun, *Burden or Support*
Performance
(위) Gaain Gallery, Seoul, 2007
(아래) Kunsthalle Bremen, 2009

한 순간이며 필름 카메라 안에 맺힌 상은 늘 거꾸로이다. 대상의 방향도 반대이지만 음과 양도 반대여서 이를 바로잡지 않으면 형상을 제대로 알아볼 수 없다. 별반 다르지 않은 우리의 눈역시 실제로는 대상을 제대로 보지도 못한 채 그저 조그만 뇌에서 균형을 잡는 훈련에 익숙해 있을 뿐임을 되새겨보면 가끔눈이 잘 안 보이는 무력감에 대해 위안을 받기도 한다. 어쩌면이 시대에는 모든 것을 선명히 볼 수 없음이 다행인지도 모른다. 실재實在는 늘 어느 정도의 환영을 담고 있다. 그리고 일상은 수없이 모순적이고 양가적인ambivalent 상황과 감정들로 가득차 있다.

우루메아강Rio Urumea의 하구와 거친 바다가 만나는 스페인 바스크Basque 지방에서의 첫 전시 퍼포먼스를 위해 나는 어렴풋이 알고 있던 전후 스페인의 복잡한 역사를 좀 더 자세히 접하게 되었다. 최근까지도 분리주의자들의 테러 활동이 있던 이지역에서는 유독 조심스러운 대화들이 오갔다. 수십 년간 절대권력의 체제 아래 고유 언어를 금지당했던 바스크인들의 조국에 대한 감정이 매우 복잡하게 얽혀 있음을 감지할 수 있었다. 동시에 비슷한 길이의 세월 동안 유사한 처지에 있었던 우리의 20세기 역사가 중첩되었다. 나는 이 지역 사람들을 위해 시작하는, 그러나 우리 모두를 위한 퍼포먼스를 사진 연작

「Pseudonym」으로부터의 확장으로 이어가고자 하였다.

바다 위에 내려앉듯 산세바스티안공항에 도착하여 잠시 여정을 푼 후 우리는 곧바로 준비를 해나갔다. 그리고 이곳에서의 전시를 준비하는 동안 미식가들에게 익히 알려진 이 도시의 여러 골목에서 각종 타파스tapas들을 맛보는 기쁨을 누릴 수 있었다. 바에 앉아 그냥 가져다 먹어도 되는 각양각색의 이 작은 음식들을 맛보는 시간은 이곳 사람들을 한 명씩 알아가는 듯한 착각이 들게 했다. 가득 늘어선 타파스 접시들 사이로 사람들의 손이 매 순간 흥미롭게 교차한다.

예정된 날 「Burden or Support(힘이 되거나 짐이 되거나)」의 첫 번째 퍼포먼스를 위하여, 같은 도시에 살고 있으나 만난 적은 없는 20명의 참가자들이 초대되었다. 이웃과 함께하는 이 경험을 위해서는 누군가와 아주 가까이 마주 앉아 상대의 어깨 위에 한 손을 올려놓아야 한다. 그리고 나머지 손을 맞잡은 채로 주어진 시간이 지날 때까지 자리에 머물러야 한다. 상대의 눈을 바라볼 수도 있고 눈을 감을 수도 있다. 단, 고개를 돌려 얼굴을 외면하지는 않기로 하였다.

시작과 함께 침묵이 흐른다. 낯선 타인의 어깨 위에 15분간 손을 올린다는 데까지는 정해져 있지만 손의 무게를 어떻게 내려놓을지의 일은 각자의 몫이다. 편하거나 불편하거나 이 시간은

Kyungwoo Chun, *Burden or Support*
Performance
Galeria Arteko, San Sebastian 2005 / PSi conferance, Univ. Copenhagen, 2008
National Gallery Praha, 2006 / Gaain Gallery, Seoul, 2007

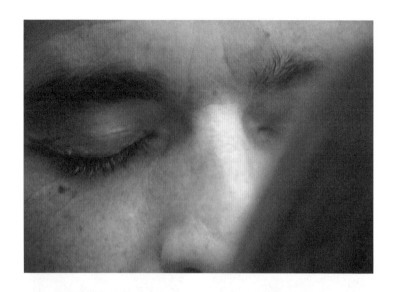

Kyungwoo Chun, *Burden or Support*
Galeria Arteko, San Sebastian, 2005
Galeria Arteko, San Sebastian

흘러간다.

　유대계 변호사 미셸 프리드만Michel Friedman이 진행하고 사회 지도계층의 게스트들이 출연하던 한 독일 TV 프로그램을 한동안 유심히 지켜본 적이 있다. 청중으로 둘러싸인 스튜디오 가운데에서 S 자 형태의 서로 연결된 두 개의 빨간 안락의자에 진행자와 게스트가 마주 앉으면 빠르고 즉흥적인 인터뷰가 시작된다. 프리드만은 핵심적이고 기습적인 질문들을 때로는 상대의 얼굴에 거의 닿을 듯 바짝 다가가 던지곤 하였는데, 신체적 거리가 갑자기 좁혀짐에 상당수의 게스트들은 당황해서 실수를 하기도 했고 어떤 이는 뜻하지 않게 인간적인 면이 드러나 호평을 받기도 하였다. 프리드만은 인간이 가진 불가침 공간 영역의 경계를 의도적으로 넘나들고 있었다. 이 동물적인 본능은 우리를 보호하기도 하지만 그 보호막 안에 갇히게도 한다. 「Burden or Support」에서 나는 새로운 경험에 개방적인 참가자들에게 타인의 영역을 침해하는 특권을 잠시 부여함과 동시에 뻗은 팔로서는 거리를 유지하게 하여 최소 경계는 보장하고자 하였다.

　퍼포먼스가 시작되자 참여자들은 자신과 마주하는 사람의 신체의 크기나 손의 무게, 눈에 온통 주위를 집중하게 되고 여기에 그들을 바라보는 관람객들과의 긴장이 더해진다. 처음에는 한동안 안정적인 침묵이 흘렀다. 그리고 얼마 후 조금씩 조심스러운 움직임과 눈빛의 변화가 여기저기서 감지되었다. 마주 봄이 부담되어 때때로 눈을 지그시 감아보기도 하지만 상대의 어깨 위에 얹은 손에 계속 마음이 간다. 우리는 퍼포먼스 후에 많은 이들이 수분 동안 손을 온전히 상대의 어깨 위에 내려놓지 못하고 주저했다는 이야기를 듣기도 하였다. 한번은 자세히 보니 한 참가자가 자신의 손을 상대의 어깨 위로부터 1센티미터쯤 공중에 벌을 서듯 살짝 들고 있는 것이 보였다. 상대의 손의 무게를 감지하지 못한 사람은 마찬가지로 편히 상대의 어깨에 온전히 의지할 용기가 나지 않는다. 시간이 지나 힘이 빠져 내려놓을 때에야 비로소 상대도 편히 내려놓는다. 어떤 이들의 맞잡은 두 손은 오랜 관계의 확인처럼 느껴지기도 한다. 적당한 짐은 적당한 가벼움이라는 우리가 일상에서 배운 진리는 이상하게도 정작 제때에 떠오르지 않는다. 이 퍼포먼스는 산세바스티안을 시작으로 베를린, 브레멘, 프라하를 거쳐 서울, 코펜하겐까지 다리가 놓이듯 몇 년 동안 이어졌다. 어느 도시를 가도 특별한 차이는 없었다. 특별한 작은 충돌의 경험들만이 쌓였고 모두가 고유했다. 의지함burden으로써 비로소 드러나는 의지됨support이 있었다.

Gerhard Stäbler and Kyungwoo Chun, *Sappho Triologie*
Music and video projection, 2008
WDR Music Fest, Landschaftspark, Duisburg

TRIALOG, 2009
Total Museum of Contemporary Art, Seoul

TRIALOG, *co-acThings*
Performance with public participants, 2009
Street in Pyongchang-Dong, Seoul
Total Museum of Contemporary Art, Seoul

TRIALOG

그러나 무엇이 여전히 남아 있는가?
모든 것이 남아 있다,
그러나 새로운 빛 속에,
새로운 소리로
새로운 몸짓으로.
—질 들뢰즈

존 케이지의 모습을 처음 접한 것은 1984년 겨울, 새해가 밝은 날이었다. 중학생이었던 나는 인공위성으로 생중계되는 백남준의 「굿모닝 미스터 오웰Good Morning, Mr. Orwell」(1984)을 호기심과 충격으로 바라보고 있었다. 뉴욕과 파리에서 교차 등장하는 비디오 속 수많은 출연자들 중 가장 강렬한 모습은 두꺼운 뿔테 안경을 쓴 뉴욕의 한 노인이 깃털과 손가락으로 마른 선인장을 하나의 악기처럼 진지하게 연주하는 장면이었다. 같은 해 그는 안무가 머스 커닝햄과 함께 내한하였다. 허름한 옷차림으로 주위의 시선을 아랑곳하지 않은 채 한국의 전통악기들을 튕기거나 두드려보던 이 작곡가의 모습이 나에게는 무척 위대해 보였다. 당시 그 거장을 낡은 레코드 로얄 승용차에 태우는 모습을 뉴스에서 보고 불만을 가졌더랬는데 지금 생각해보면 그런 것은 그에게 하나도 중요하지 않은, 오히려 어울리는 모습이었다.

일상의 모든 소리를 음악적 가능성의 요소로 열어놓고 기존의 질서를 주저 없이 파괴하는, 도무지 한 가지 수식어로 표현할 수 없는 이 조용하고 혁명적인 미국인을 시작으로 루이지 노노Luigi Nono, 칼하인츠 슈톡하우젠Karlheinz Stockhausen, 이안니스 크세나키스Iannis Xenakis(여의도의 실험 공간 쿤스트 디스코에서 그를 처음 접했다) 등과 같은 현대 작곡가들의 실험적이고 진보적인 사고는 사진에 한창 몰두하던 갓 스무 살 청년인 나의 시각에 조금씩 간섭을 해오고 있었다. 내가 시각 매체로부터 자유로워진 이유 중 하나는 조형성에 구애받지 않고 세상의 모든 소리와 요소들에 개방적인 현대 작곡가들의 사고로부터 얻은 영감과 공감대 때문이기도 하다. 나는 침묵 속의 소리, 커다란 덩어리에서 울리는 가벼움, 새로움에 동반될 수밖에 없는 불편함, 파괴의 가치를 조금씩 알아가게 되었다.

「TRIALOG(3인의 대화)」는 두 명의 현대 작곡가 게르하르트 슈태블러, 심근수와의 오랜 우정과 공동 작업을 기념하는 멀티미디어 프로젝트이다. 1989년의 첫 만남으로부터 20주년이 되던 해, 우리는 그간 함께 해온 크고 작은 공동 작업과 일상의 체험, 대화들을 모은 책과 음악, 비디오, 퍼포먼스로 이루어진 'TRIALOG'라는 프로젝트를 시작하였다. 이를 위해 연주와 전시 일정에서 잠시 벗어나 스페인 마요르카섬에서 겨울을 보내며 시간, 음악, 이미지, 사회현상 등을 주제로 한 대담과 서울에서 시작될 첫 번째 「Trialog」를 준비하였다. 그 작품 구상 중 하나가 평창동의 굽은 길 600미터를 하나의 악보이자 무대로 삼은 퍼포먼스 「co-acthings I」(2009)이다. 우리는 인공위성 사진을 펼쳐놓고 관객들과 무리를 이루어 이동하면서 구간별로 참여 지침을 받아 행동한다는 구상 아래 세부 계획들을 짰다. 풍선에 콩을 집어넣어 소리 나게 흔들거나 야광 막대와 개구리 혀 같은 것이 움직이는 장난감 피리를 거리의 난간에 두드리며 이동하고 서로 연결하기도 하는 이 우연의 조합들은 하나의 지침은 있으되 완벽할 수 없는 신기한 조화로움을 만들어

Gerhard Stäbler and Kyungwoo Chun, *Sappho Triologie*, 2008
Music and video projection
WDR Music Fest, Landschaftspark, Duisburg

Gerhard Stäbler, *Fallzeit für eine(n) oder zwei Schlagzeuger(innen)*, 1997
TRIALOG, Total Museum of Contemporary Art, Seoul, 2009

냈다. 날이 어두워지면서 지나가는 구간마다 달라져간 동네 개들의 불규칙한 짖는 소리는 그 시간을 더욱 살아 있게 해주었다.

　게르하르트 슈태블러와 심근수는 내가 처음으로 가까이 접한 실천가로서의 작곡가들이다. 그것도 우리 주변의 모든 사사로운 삶의 소리들을 받아들일 준비가 된 진정한 열린 예술가로서 말이다. 그들은 빈 공간처럼 보이는 무한의 여지들 속에 흩어져 있거나 들리지 않는, 그러나 우리의 내면과 맞닿을 하찮아 보이는 가루들을 의식적으로 받아들이고 거기에 하나의 질서를 부여함으로써 우리에게 새로운 방식의 언어를 경험하게 한다. 음악을 단순히 듣는 것을 넘어 한 공간 안에서 벌어지는 총체적인 감각의 체험이라고 믿는 이들의 관점은 내가 사진을 시각적 재현 이상의 과정과 결과에서 시작되는 공간 체험으로 여기는 관점과도 자연스레 만났다.

　독일 작곡가 게르하르트 슈태블러의 아코디언곡 앨범 「캘리포니안 드림스Californian Dreams」(1986)를 접했을 때, 대학생이던 나는 캄캄한 잠자리에 누워 들어본 적 없는 이 신비한 선율 속에서 미지를 여행하듯 잠이 들곤 하였다. 마침 독일문화원의 초청으로 내한한 그를 연주회를 통해 처음 만나보게 되었고, 이듬해 나는 그를 작업실로 초대하였다. 그리고 그가 보내준

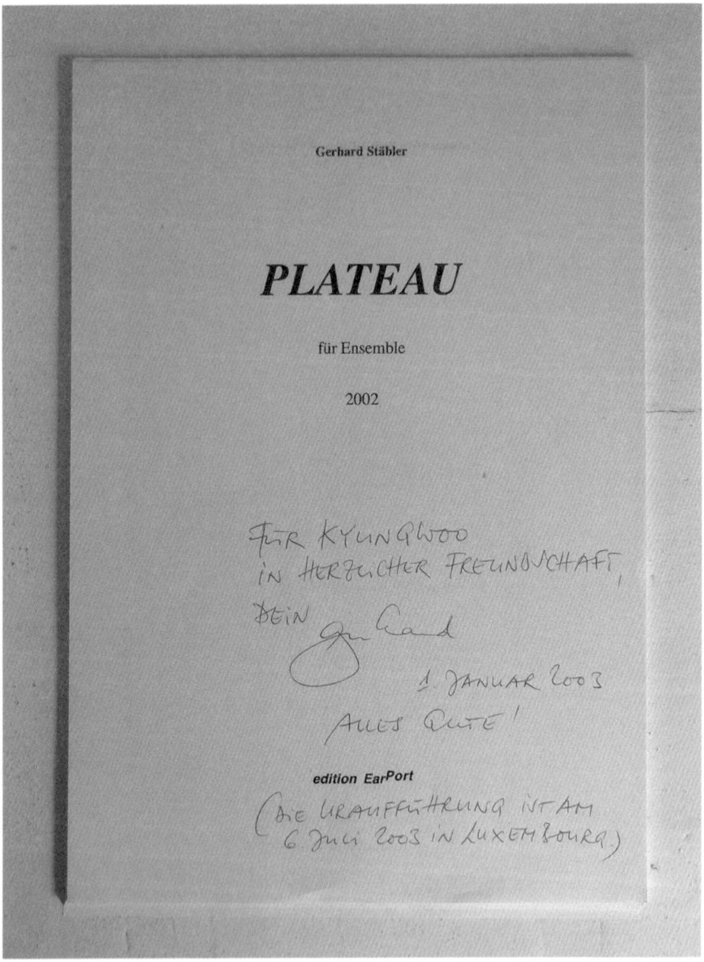

Gerhard Stäbler

PLATEAU

für Ensemble

2002

FÜR KYUNGWOO
IN HERZLICHER FREUNDSCHAFT,
DEIN [signature]
1. JANUAR 2003
ALLES GUTE!

edition EarPort

(DIE URAUFFÜHRUNG IST AM
6. Juli 2003 IN LUXEMBOURG)

Gerhard Stäbler, score of *PLATEAU* für Ensemble, 2002

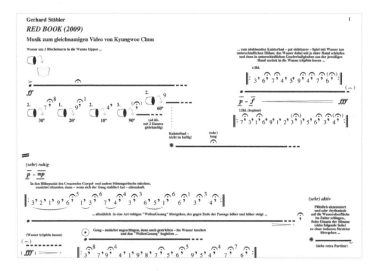

Gerhard Stäbler, score of *RED BOOK*, 2009
EarPort, Duisburg

Kyungwoo Chun and Gerhard Stäbler, *RED BOOK*
TRIALOG, Kunsthalle Erfurt, 2010
Kunsthalle Erfurt, Erfurt

Kyungwoo Chun, Gerhard Stäbler with *Californian Dreams*, 1989
Silver Gelatine Print

거미줄 같은 형태의 악보를 작게 조각낸 후 다시 이어 붙인 배경에서 인물 사진을 촬영하였다. 그는 스무 살이나 어린 나를 존중해주었고 내 어설픈 제안에 진지하게 귀를 기울여주었다.

　게르하르트는 자신의 몸을 아낌없이 활용하여 우리가 보는 것, 냄새 맡는 것, 심지어 온도까지도 음악에 영향을 미친다는 사실을 자신의 작품에서 주저 없이 실천하고 있었다. 1994년 첫 번째 개인전을 준비하면서 나는 전시작과 더불어 그의 피아노곡 「Windows」(1985) 연주를 위해 낙원상가의 피아노 대여점을 연주자와 함께 건반을 만져보며 돌아다녔다. 그런데 전시장에 피아노가 도착했을 때에야 비로소 한 번도 그만한 악기가 갤러리의 좁은 계단으로 들어와본 적이 없다는 사실을 알게 되었다. 우리는 입구를 통과시키기 위해 피아노 다리를 모두 분리해야만 했고 나는 그런 수고가 힘들면서도 재미있었다. 아마도 게르하르트가 보았다면 다리를 하나만 남겨두라고 했을지도 모른다(그는 온갖 잡동사니들을 모아서 체계를 입히고 생명력을 가진 유기체로 만들어낸다). 한 장의 사진에서부터 대규모의 오케스트라곡까지, 크고 작은 협업을 통해 그가 늘 보여주는 작품에 대한 확신과 추진력을 나는 점차 존경스럽게 여기게 되었다.

　한번은 그리스 시인 사포Sappho의 시를 바탕으로 한 그의 오케스트라곡에 내가 비디오 작품을 구상하였는데, 발단이 된 시 구절들과 전체 시간을 확인하는 것 외에 작품이 완성될 때까지 서로 아무것도 묻지 않았다. 200여 명이나 되는 연합 오케스트라와 함께 거대한 스크린을 설치해두고 이루어진 이 모험은 깊은 신뢰와 기대가 있기에 가능한 것이었지만 우리는 내심 위험과 우연성을 즐기기도 하였다. 나는 사포의 시를 중성적인 얼굴을 가진 오스트리아 여성 크리스티네에게 암송하게 하고 그 실시간을 비디오와 한 장의 사진으로 동시에 담았다. 그리고 이 두 얼굴들을 띄울 지중해의 어둡고 푸른 새벽 바다 풍경을 촬영하기 위해 여행을 떠났다. 바다에서 시작하는 이 두 개의 싱크로된 영상 「Sappho-What You Love」(2008)에서 여인은 침묵과 외침으로 스스로와 조우한다.

1993년, 나는 독일 에센Essen에 있던 심근수의 작은 작업실을 처음 방문한 날을 기억한다. 두세 평 남짓한 공간에 안마당과 건물들을 마주 보는 창문과 책상 그리고 책장에 놓인 메모지들과 범상치 않은 작은 오브제들이 초연을 기다리는 악보처럼 자리하고 있었다. 그때 그는 창밖으로 떨어지는 낙엽들의 숫자와 시간을 기록해나가고 있었는데 그 우연의 시간과 소리, 불규칙적으로 떨어지는 깃털 같은 낙엽의 움직임을 근간으로 하는 새 작품을 구상 중이었다. 서울에 살면서 공간의 크기에 집착하던

Kunsu Shim, *Flower Fist*
video and same titled performance by Kunsu Shim
TRIALOG, Schwankhalle, Bremen, 2010
Schwankhalle Bremen

Kunsu Shim, *Flower Fist*
performance for the same titled video by Kyungwoo Chun
TRIALOG, Total Museum of Contemporary Art, Seoul, 2009

Kyungwoo Chun and Kunsu Shim
after a hundred years für Sopran und Orchester and same titled video, 2011
Essener Philharmonie, Essen

TRIALOG, 2018
Oil Tank Culture Park, Seoul

나에게 그의 방은 경이로웠다. 온갖 일상의 경험들이 모여 있는 소우주와도 같은 그 방에서 시작된 수많은 음악적 상상과 실천의 결과들을 통해서 그를 조금씩 알아갈 수 있었다. 그와의 수많은 재회는 흰머리가 늘어난 것을 제외하곤 언제나 변함없는 평온한 미소와 기분 좋은 긴장감이 동반되었는데 한국과 독일, 스페인, 그리스의 크레타섬에서 함께 산책하고 먹고 논쟁하던 우리의 오랜 만남의 공기 속에 그가 가르쳐준 의미들이 있었다. 듣고자 하는 의지가 있다면 감지할 수 있는, 깊은 사색으로 인도하여 스스로에게 감각적 자유를 부여하는 끝없는 성실함과 깨어 있음에 대한 수련들.

10여 년 전 그는 나와의 새로운 공동 작업을 위해 만든 곡을 연주 녹음 없이 편지로 먼저 들려주었다. 디킨슨E. Dickinson의 시에 영감을 받은 소프라노와 현악4중주곡 「last night」(2008 / 2009) 비디오 작업을 의논하며 보내온 그의 편지는 연주자가 아닌 나에게조차 상상만으로도 이미 연주가 들려오는 듯한 착각이 들기도 하였다. 소리의 결과를 정해놓지 않고 어떻게 연주해야 할지가 주로 기술돼 있는 그의 악보들은 과정의 소중함을 일깨우고 연주자로 하여금 호기심을 불러일으킨다. 나에게 그의 편지는 소리의 시각적 이미지와 함께 잊힌 감각들을 깨우고 어떤 공간을 걷게 하는 듯하였다.

부드럽지만 거친 느낌을 주는 그런 음향을 원했다. 마른풀이 가득 펼쳐져 있는 가을 오후의 들판을 떠올려봄 직한 것 같다. 작업을 하면서 항상 염두에 둔 것 중 하나는 백 년이라는 거대한 시간의 호흡에 대한 느낌이다. 어떤 크기를 잴 수 없는 거대한 것의 (느린) 움직임이라고 할까. 그 움직임은 방향은 없는 듯하지만, 내부에 아주 섬세하고 유기적인 운동이 있다. 다른 하나는 직물과 같은 조직인데, 조직이 느슨하기도 하다가 조밀하게 죄어지면서 생기는 내적 유동성이다.

나는 그의 이 세밀한 묘사들을 오로지 그의 '손'을 통해 이루어질 수 있는 새로운 통로로 인식하였다. 그리고 그 시작인 어릴 적 흑백사진들을 모아서 사진 속 어린 심근수의 손을 따라가는 카메라워크로 그의 음악과 어우러질 비디오를 제작하였다.

돌아보면 서양의 존재론적 인식과 동양의 관조적 시선의 조화를 실천하는 그의 예술의 본질은 동양사상에 뿌리를 두고 있으며 '있음'과 '없음'이 본질적으로 다르지 않다는 노자의 유有와 무無의 사상과 맞닿아 있다고 여겨진다. 이는 소리의 시작이 침묵의 끝으로 이루어지듯 하나인 것이며, 결국 귀에 들리는 소리와 눈에 보이지 않는 인간의 정신이 서로 다른 세계인 것처럼 보이지만 근본적으로 같은 것이라는 의미로도 이어지게 되는 것이다.

TRIALOG, 2018
Oil Tank Culture Park, Seoul

Kunsu Shim, *last night für Sopran und Streichquartett*, 2009
with same titled video by Kyungwoo Chun
TRIALOG, Kumho Art Hall, Seoul

after TRIALOG meeting, Duisburg, 2018

큐레이터 페터 프리제Peter Friese가 말하듯 우리 세 사람에게 중요한 것은 영상에 곡을 붙이거나 음향에 이미지를 만드는 것이 아니며 더군다나 시각 및 청각 현상들과 이들 영역의 조화로운 일치라는 적합하고도 타당한 규칙을 찾으려는 시도도 아니다. 대신에 예측 불가한 것이 끼어들도록 내버려두고 새로운 경험을 가능하게 하는 것이 중요하다. 이는 자유와 자기 전개 그리고 함께 참여하고 작업하는 이들에 대해 책임을 지는 '실험'을 전제로 함을 뜻한다. 그리고 여기서 '실험'은 이미 존재하는 이론들 또는 가설들을 입증하기 위해 확고한 요소들이 투입된다는 의미를 따르지 않는다. 우리는 파괴와 사라짐을 통해서만이 보여질 수 있을 '지금'의 세계에 대한 관계를 함께 이야기한다. 물론 오늘 저녁에 무슨 요리를 해 먹을지, 어떤 그릇에 산딸기를 담아둘지 또한 무엇을 없애버려 우리를 자유롭게 할 것인지만큼 중요하다.

우리 세 사람은 서울에서 선보일 새 프로젝트를 위해 뒤스부르크에 다시 모여 앉았다. 아무 말 없이도 식탁에 물 잔과 그릇들이 한 사람의 손처럼 모두 제자리에 놓인다. 토마토를 볶는 향긋한 냄새와 함께 두 사람이 분주히 요리를 하고 나는 그 뒷모습을 바라본다. 사사로운 일상의 순간들은 우리 모두에게 매우 중요하다. 바로 그 안에 미래의 재료들이 꿈틀거리고 뒤섞여가며 우리의 내면에서 자라나기 때문이다. 하지만 평온한 이 선배들의 일상 중 빼놓을 수 없는 짧고 깊은 낮잠은 내가 아무리 노력해도 배울 수가 없다.

Kyungwoo Chun, *Dabbawalla's Lunch*
50 Indian tiffin boxes with handwritten menus, 2018
Sungkok Art Museum, Seoul

Kyungwoo Chun, *Dabbawalla's Lunch*
Performance and installation, 2017
ArtOxygen, Mumbai

도시락 배달원의 도시락

인도 뭄바이에서 이루어진 퍼포먼스 「Dabbawalla's Lunch」
는 일터로 도시락을 배달해주는 다바왈라Dabbawalla를 주인공으
로 하고 있다. 매일 가정에서 요리된 따뜻한 도시락을 집에서
회사까지 정확한 시간에 배달하는 이 노동자들의 존재를 매체
를 통해서만 알고 있었는데 몇 년 전 뭄바이 기차역에서 우연
히 실제로 보게 되었다. 바지통이 넓은 하얀 유니폼 차림에 선
량한 눈빛을 한 이들이 한국에 돌아와서도 계속 떠올랐고, 나는
그때 처음으로 유니폼이라는 것을 아름답게 느꼈었다. 사실 그
옷은 한 종교 계파의 전통의상이었지만 내게는 마치 도시락에
담긴 마음의 온도를 전달하는 자들의 순결한 예복처럼 보였다.

Kyungwoo Chun, *Dabbawalla's Lunch*
Performance and installation, 2017
ArtOxygen, Mumbai

매일 아침 이들은 각자에게 할당된 가정집을 돌며 도시락 50여 개를 받아서 오전 아홉 시까지 어김없이 처치게이트역 churchgate station 등의 집결지에 모인다. 그리고 기차, 자전거, 수레, 도보로 배달을 마친 후 또다시 새 도시락을 받아서 다른 곳으로 배달한다. 날씨와 상관없이 반복되는 이 독특한 일에 관한 자료는 방대하고 다양해서 손쉽게 접할 수 있다. 이 배달 방식은 영국의 식민지배 시대인 19세기 말에 시작되었는데 놀랍도록 정확한 달성률로 기네스북에 오르거나 사례 분석, 경제지의 인증서 부여 등 화려한 유명세를 얻어왔다. 그러나 이 직업의 전통과 자부심을 강조하는 수많은 인터뷰와 기사에 비해 정작 이 시스템을 유지하고 수행하는 사람들에 대한 이야기는 좀처럼 찾을 수 없었다.

서울로 돌아와 광화문 거리를 걷고 있자면 눈앞을 쏜살같이 지나가는 오토바이 퀵서비스 기사들의 모습이 다바왈라들의 모습과 중첩되어 보이곤 하였다. 이들은 모두 누군가에게 도달하는 시간과 싸우며 하루를 가득 채워간다.

얼마 후 인도를 다시 찾을 기회가 왔다. 아니 그 기회는 새로운 작업을 통해 다바왈라들을 꼭 마주하고자 만들어졌다. 인도의 도시락 배달 문화가 점점 사라져간다는 사실을 인지하기도 했지만 이 필연성은 나를 3년 전 장염에 걸려 기어서 돌아오다시피 만든 뭄바이로 다시 이끌어주었다. 헌신적인 현지 큐레이터 레안드르Leandre를 통해 일이 서서히 추진되었고 나는 50명의 다바왈라들을 퍼포먼스에 초대하였다. 그러나 '배달원들'에게 '배달'을 하고 싶다는 나의 이상한 의도는 좀처럼 쉬이 전달되지 않았다.

나는 50개의 새 도시락 통을 준비해서 50명 모두에게 자신이 점심으로 배달받고 싶은 메뉴를 도시락 통에 써줄 것을 제안하고자 했다. 첫 실행을 위해 먼저 옛 시절이 떠올려질 만한 가장 보편적인 인도식 도시락 통을 구했는데 이 도시락 통은 내가 어릴 적 보아오던―너무 흔들면 책가방 속에서 김치 국물이 흐르던― 한국의 반찬통과 비슷하여 반가웠다. 우리는 우선 메뉴 수집을 위해 다바왈라들을 만나기로 하였다. 매니저들은 편의를 위해 자신들이 참가자들의 희망 메뉴를 모아주겠다고 제안하였으나 나는 반드시 그들을 대면하고 새 도시락 통을 손에 들려주어야 한다고 고집하였다. 처음에는 모두들 이 작은 행위의 목적에 대해 혼란스러워하며 어떤 음식을 적어야 할지, 매니저가 말해주는 대로 해야 하는 것은 아닌지 눈치를 보기도 했다. 얼마 후 호기심 많은 첫 참가자부터 한 명씩 다가왔다. 그리고 각자에게 건네진 빈 도시락 통을 잠시 신기한 듯 쳐다보더니 이내 자신의 희망 메뉴를 적었다. 몇몇은 진짜로 자신이

Kyungwoo Chun, *Dabbawalla's Lunch*
Performance and installation, 2017
ArtOxygen, Mumbai

좋아하는 음식을 적어도 되냐고 되묻기도 하였고 나이가 지긋한 한 다바왈라는 지금껏 한 번도 자신이 먹고 싶은 것을 생각해본 적이 없다며 한참을 고민했다. 그러더니 음식을 배불리 먹을 수 있다는 사실만으로도 감사하고 주어진 대로 먹고 살아왔노라는 말을 들려주었다. 외국인도 감탄케 하는 우리의 속도의 권력에 종속된 지친 배달 노동자들과는 달리 다바왈라들은 고단한 육체 안에서도 자신만의 리듬과 함께 단단한 결속과 평온함을 갖고 있는 듯 보였다.

이윽고 50명의 희망 메뉴가 다 모였고 이제 내게는 힌디어로 적힌 메뉴들을 학습하는 인도 서남부 음식 공부 시간이 시작되었다. 케이팝을 좋아한다는 웃는 얼굴의 어시스턴트 비디가 음식의 이름과 맛의 차이를 친절히 설명해주었고 다바왈라들의 입맛을 통해 나는 셀 수 없이 많은 인도 향신료들을 조금은 알아가는 행운을 누릴 수 있었다. 우리는 시장에서 이들이 주문한 메뉴를 이것저것 먹어보기도 하였다. 다바왈라들의 희망 메뉴는 뭄바이가 주도主都인 마하라슈트라Maharashtra 지방 음식들이 주를 이루었는데 쌀, 고기, 채소에 배합 향신료 마살라masala로 맛을 낸 비리야니biryani, 다양한 종류의 치킨커리, 인도 스타일의 중국 요리 등도 있었지만 걸쭉한 야채 요리 삽지sabzi에 납작한 인도식 빵 로티roti를 곁들이는 평범한 가정식이 역시 많았다. 이 지방의 주요리는 아니지만 이들의 수입에 비해 비싼, 부드럽고 유지방이 적은 파니르paneer 치즈를 넣은 커리도 적잖이 보였다. 참가자 중 두 명은 한 번도 먹어본 적이 없다며 피자와 (채식) 햄버거를 주문하기도 하였다. 납작한 빵 달dal은 넓어서 두 번 접어 담아야 했는데 나는 이 빵을 먹을 때마다 우리말 '달'이 떠올라 초승달 모양으로 만들어가며 커리에 찍어 먹는 것을 좋아했다. 역사상 가장 많은 향신료를 생산하고 거래해온 인도의 음식들은 웬만한 미식가가 아니면 눈으로 그 맛을 쉽게 짐작하기 어려운데 그 이유는 수많은 재료들이 갈리고 혼합되어 결국 비슷한 색을 띠게 되기 때문은 아닌가 싶다. 인도인들의 일상을 함께하는 많은 신들만큼이나 그들의 음식들은 서로 잘 어우러지고 받아들여지는 것 같았다(내가 만난 인도인들은 놀랍도록 서로의 다른 신에 관대했다).

12월이 되어 우리는 준비된 도시락 50개를 참가자들에게 배달하였다. 머쓱하게 받는 이들, 주름이 깊이 파였지만 어린아이같이 해맑은 얼굴들 그리고 미안해하는 얼굴들도 있었다. 쉼터에서 도시락을 받은 동료 여럿이 함께 먹기도 하였다. 둘러앉아 '넌 무엇을 주문했니?' '한번 맛봐도 돼?' 하며 소풍 온 아이들처럼 주고받는 대화에 잠시 귀 기울이던 나는 순간 그들 사이로 비집고 들어가 함께하고 싶은 충동을 느끼기도 했다.

Kyungwoo Chun, *Dabbawalla's Lunch*
Performance and installation, 2017
ArtOxygen, Mumbai

음식의 온도는 그것을 준비한 마음의 온도라고 믿는 사람들이 인도에도 꽤 많은가 보다. 하지만 따뜻한 도시락은 그 음식의 실제 온도가 결정짓는 것만은 아니라는 사실은 식당에서 파는 옛날 도시락을 먹어보면 알 수 있다.

Kyungwoo Chun, *Thousand Thousands*, 2006-2008
1000 unique photographs with handwriting, each 12×16.5cm
A Foundation, Liverpool Biennial, Liverpool

Kyungwoo Chun, 1592, 2007
Chromogenic print, 165×126cm

THOUSANDS

우리는 이름을 스스로 선택하지 않는다. 어머니의 몸으로부터의 첫 이별과 함께 하나의 이름이 주어진다. 그리고 그 이름과 함께 마지막 자신과의 이별을 향하여 삶이 시작된다.

프로젝트 「Thousands」는 나의 이름에서 구상되었다. 어릴 적부터 숫자를 의미하는 나의 성씨姓氏 '천千'에 대한 호기심을 갖고 있었고 나의 이름을 표본 삼아 하나의 보편적인 인식이 새롭게 연결되는 프로젝트를 언젠가 실현시키고 싶었다.

천씨千氏의 출발점은 조선시대 무신인 천만리千萬里라는 인물이다. 그는 임진왜란(1592) 당시 명나라 황제의 칙령을 받아 조병영량사調兵領糧使 겸 총독장總督將으로 조선에 파병되어 전공

Kyungwoo Chun, *from the project Thousands*, 2006-2008
Qian Cun, Henan

을 세운 후 귀화한 영양穎陽 천씨의 중시조이다. 그의 모친 전씨 부인은 태몽을 통해 자식이 멀리 떠나게 될 운명임을 알고 아들에게 '만리'라는 이름을 지어줬다고 전해진다. 하지만 상상력이 더해진 역사적 기록보다는 이를 해석하고 지탱하며 현재를 살아가는 그 삶의 방식이 내게는 더 궁금하였다. 역사란 결코 평면적일 수 없으며 액체와도 같은 현재이기 때문이다.

나의 오랜 바람은 독일과 한국, 중국의 후원자, 기관들에 의해 조금씩 현실이 되어갔다. 그리고 마치 400여 년 전 아득한 과거로의 여행과도 같은 신비한 여정이 시작되었다. 브레멘공항에서 프랑크푸르트를 거쳐 북경에 닿아 밤새 기차를 타고 허난성의 작을 마을로 향하였다. 이 여행길은 400여 년 전 천만리 장군의 여정을 조금이나마 상상해보기에 좋은 천리만리 머나먼 길이었다. 한국에서 조부의 뜻에 따라 홀로 중국으로 귀환한 사업가, 심양에서 통역을 자처하며 이틀간 달려온 노 교수님, 서울에서 날아온 나의 친구 성욱 등과 늦은 밤 마을에 도착해보니 기대하지 못했던 또 다른 조력자들이 우리 일행을 반겼다. 모두 나와 같은 성을 가진 사람들이었다.

414년 만의 재회

프로젝트의 주 무대가 된 3000여 명의 천 씨들이 거주하는 천만리의 고향 인근 마을 천촌千村에 도착했다. 매일 아침 마을 골목을 천천히 돌아보며 대문 앞에 나와 앉은 노인들에게 서툰 중국어로 인사를 건네면 그들은 무표정한 얼굴로 쳐다보곤 하였으나 나는 머무는 동안 그 일을 계속하였다. 마을 입구의 소학교, 구멍가게, 마을 사랑방인 미용실 등을 구경하고 다니면 사람들은 수줍은 얼굴로 수군거리며 바라보았다. 보통은 동네 꼬마들 대여섯 명과 개들이 따라붙었는데 아이들은 늘 웃어주었다.

우리는 서서히 촌장과 촌민위원회 원로들을 비롯한 이 지역의 공산당 인사들에게 프로젝트 계획을 소개하였다. 그런데 효과적이라 믿어온 나의 서구식 소통 방식이 계산적이지 않은 이들에게 익숙하지 않은 일임을 곧 알게 되었다. 그보다 이들은 함께 시간을 보내며 나의 인간적인 면모를 발견하고 싶어 하였다. 시간이 지나고 나서야 비로소 이 낯선 중국인들이 이미 나를 414년 만에 독일에서 고향을 찾아온 친족으로 맞아주고 있었다는, 고맙고도 신기한 사실을 느끼게 되었다. 어느 날은 마치 내가 구사하던 모국어를 잊은 사람이 된 것 같은 착각에 부

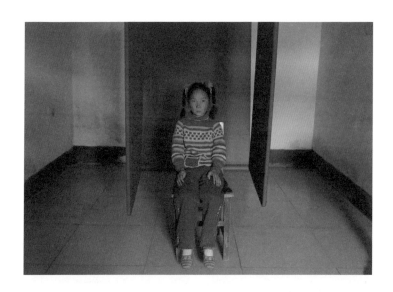

Kyungwoo Chun, *from the project Thousands*, 2006-2008
Qian Cun, Henan

Kyungwoo Chun, *from the project Thousands*, 2006-2008
Qian Cun, Henan

끄럽기도 하였다. 중국에서도 희귀한 이 성씨를 가진 이들은 임진왜란 후 조선에 남은 천만리로 인해 역적의 친족으로 몰려 숨어 살거나 비슷한 발음의 다른 성씨(钱)로 살아갈 수밖에 없었다고 한다. 독일로 돌아온 후에 이들과 함께 새로운 여행길에 오르고자 하는 작품의 구상이 점차 선명해져갔다. 이것은 모호하고 요원한 과거로 거슬러 올라가보려는 시도가 아니라 기억의 믿음을 매개체로 삼은 만남의 시도였다.

1000명의 천 씨들

나는 프로젝트의 중심작으로 '말하는 1000명의 천千 씨들'을 담은 인물 사진을 촬영하고자 하였다. 마을 인구를 정확히 파악하지 못하는 촌장과 원로들은 처음엔 다소 회의적이었으나 곧 이름에 담긴 숫자의 힘이 발휘되었다! 그리고 마을회관에 임시 사진 스튜디오가 만들어졌다. 참여 조건은 오로지 하나, 천씨 성을 가진 사람이면 누구나 가능했으며 긴 설명은 필요치 않았다. 우리는 촬영 준비를 하면서 고전적인 방법으로 마을 곳곳에 안내문을 붙이고 확성기로 홍보하며 참여를 독려하기 시작하였다. 가가호호 방문하여 열심히 알리는가 하면 도시로 나간 친지들에게도 전화를 걸었다. 이곳은 시간이 멈춘 듯 모든 것이 느리게 흘러가고 있었고 사람과 사람 사이에 늘 가까운 접촉이 있었다. 도시와는 다르게 모든 조건이 투박했던 인간적인 불편함이 나는 마음에 들었다.

모든 준비가 끝나 드디어 조금씩 사람들이 모여들고 어린아이부터 90세가 넘은 노인까지 순서대로 촬영이 시작되었다. 한 명씩 카메라 앞에 앉은 참가자가 자신을 간단히 소개하는 1분간의 노출 시간이 그대로 사진에 담겼다. 자신의 미래를 바라보듯 카메라 렌즈만을 향하여 말하면 되었다. 아이들의 자기소개 중에는 '마마(爺爺, 엄마), 꺼거(哥哥, 형/오빠), 띠디(弟弟, 남동생), 예예(爺爺, 할아버지)' 같은 단어들이 정겨운 음악처럼 계속해서 들려왔다. 너무 어려서 아직 목조차 가누지 못하는 갓난아기를 데려온 한 아버지에게서는 마치 먼 항해를 떠날 배에 자식을 함께 태우고자 하는 애절함마저 느껴졌고, 100세에 가까운 차분한 표정의 노인은 작별 인사를 하는 듯하였다. 결혼해서 다른 지방으로 이주해 간 여성들은 명절을 기다렸다가 고향에 들러 참여하였으며 어떤 날은 공안이 불시에 찾아와서 우리의 이 이상한 이벤트를 조사하기도 하였다. 우리는 천씨가 모여 사는 두 곳의 인근 마을을 향해 장비들을 자전거 수레로 옮겨 가며 촬영을 계속하였다. 나는 스튜디오 안으로 들어오는 모든 참여자들의 손을 잡았는데 저녁이 되면 때 묻은

Kyungwoo Chun, *Thousand Thousands*, 2006-2008
1000 unique photographs with handwriting, each 12×15cm

Kyungwoo Chun, *Thousand Thousands*, 2006-2008
1000 unique photographs with handwriting, each 12×16.5cm
Centro Huarte-Centro de Arte Contemporáneo, Huarte

손에서 무언가 묵직한 에너지가 느껴지곤 하였다.

계절이 바뀌고 3년여에 걸쳐서 이 지역을 오가는 동안 나는 어떤 프로젝트에서도 경험할 수 없었던 밀도 높은 만남들을 갖게 되었다. 풍습에 따라 인사를 할 때마다 호의로 건네받은 담배 개비들이 책상 위에 쌓여가는 동안 마을의 혼인 잔치와 장례, 사는 형편들도 엿보게 되었다. 삶을 침범하지 않고 이들의 기억에 남을 스스로에 대한 새로운 관계성을 만들어가고자 함은 내가 돌아가야 할 현실을 직시시켰고 더불어 작품에 더욱 몰두하게 하였다.

오랜 기다림 끝에 드디어 1000번째 참가자를 마지막으로 모두의 시간이 1분씩 담긴 1000명의 얼굴이 완성되었다. 이는 포착의 행위가 아니라 '천干'이라는 관계의 코드를 통한 의식적인 마주함이었다.

1000개의 여행

황허강을 건너고 하늘길을 지나 집으로 돌아온 나는 모든 촬영물을 사진으로 제작하여 다시 중국으로 향하였다. 사진의 복제성을 무시한 채 한 사람당 한 장의 사진만이 존재하게 하였다. 모두 하나의 독립체여야 했다. 얼마 후 우리는 본격적인 여행길에 오르기 위해 모든 참가자들을 다시 찾았다. 이는 자신을 대신할 각자의 사진 위에 이름과 고향 등을 손 글씨로 남기기 위해서였다. 비슷한 얼굴들이 많아서 이들을 다시 만나는 일은 또 하나의 도전이었으며 준비된 모든 사진들은 우편엽서처럼 나의 독일 작업실로 보내기로 하였다. 일을 돕던 한 어르신이 낱장이 되어 보내질 사진들을 바라보며 이 조각들이 무사히 다시 모이기를 또는 잘 흩어지기를 기원하듯 조금 거창하게 소설 『삼국지』의 한 구절을 읊었다. "펀지우지허 허지우비펀(分久必合 合久必分, 나뉜 지 오래면 합쳐지고 합쳐진 것이 오래면 나뉜다)."

모두의 손을 떠나 각자가 여행길에 오르듯 사진엽서들은 순서대로 보내졌다. 그리고 몇 주 후 브레멘의 편지함에 하나둘 도착하기 시작하였다. 우리의 예측할 수 없는 삶이 그러하듯 상처를 입거나 심지어 길을 잃고 도착하지 못할 가능성 역시 과정의 일부로 염두에 두었다. 그러나 독일 우체부들은 결국 한 장도 빠짐없이 긁히고 상처 입은 사진들을 모두 배달해주었다! 아직 작품은 완성되지 않았다. 이 1000명의 천 씨들의 얼굴이 한 명씩 담긴 사진들은 본격적인 또 하나의 여행을 앞두고 있었으며 비엔날레가 열리는 영국 리버풀을 시작으로 전시가 계획된 스페인, 한국, 독일, 폴란드로의 긴 항해를 기다리고

Kyungwoo Chun, *Departure Songs*, 2008
Single-channel video, sound

있었다. 설치를 위한 나무틀들은 참가자들이 원목을 말리고 자르고 칠하여 제작해주었다. 영국의 기술자들 대신 일부러 서툰 마을 사람들에게 부탁하였는데 마치 자신들이 올라탈 거대한 나무배를 함께 만드는 작업 같았다.

모든 사진의 설치는 각 전시장마다 우연의 배열로 설치자들이 순서를 정하게 하였으며 머무르는 도시마다 이들과 조우할 현지 시민들과의 새 프로젝트들을 계획하였다. 유럽의 시민들, 서울의 어린이들 등 수천 명이 이들과 마주했다.

나는 전시가 있을 때마다 어느 곳을 여행 중이라는 소식을 중국으로 전했으나 정작 이들은 인생의 어느 여정과 공간에 있는지가 궁금하였다. 마을에서 매일 마주치던 오토바이 위에 희망차게 혹은 위태롭게 올라탄 가족들을 종종 떠올린다. 이들 중 열 가족들과 함께 모터를 켜놓은 채 나는 「출발의 노래 Departure Songs」라는 비디오를 제작하기도 하였다.

나에게 전시는 완성이 아니라 상호작용을 통해 장소의 새 기억을 만드는 과정이다. 만남이 쌓여가는 동안 이 사진들은 나이가 들고 사진의 주인들과도 조금씩 이별을 하고 있다. 그리고 「Thousands」의 여정은 계속된다.

Kyungwoo Chun, *Skyorearth*
Performance and temporary installation, 2014-2018
Jirisan Project, Silsansa Temple, Namwon

Kyungwoo Chun, *Skyorearth*
Performance and temporary installation, 2014-2018
Jirisan Project, Silsansa Temple, Namwon

하늘이거나땅이거나

「하늘이거나땅이거나」(2014-2018)는 지리산 실상사實相寺 인근의 마을 주민들과 방문객들의 참여로 사찰에서 이루어진 프로젝트이다. 타인을 생각하는 마음의 상태가 작은 행위를 통해 물질화, 시각화를 거쳐 다시 비물질화되는 이 퍼포먼스 과정은 참여자가 쓰던 찻잔과 마실 물에서부터 시작된다. 우리의 입과 손을 매일 거쳐가는 이 찻잔으로 참여하는 사람들과 누군가의 관계를 되새겨주기를 희망하였다.

하늘은 얼마나 높을까, 땅은 얼마나 깊을까. 비가 내릴 때면 하늘과 땅이 연결되는 듯하다. 굽은 길들을 지나 처음 마주한 지리산 자락 남원의 이 천년고찰은 인간을 압도하는 웅장함이나 화려함 대신에 사람을 더 잘 보이게 하는 곳이었다. 단청도 거의 없고, 속세와 떨어진 듯한 신비함도 없이 마을 한가운데에 위치해 있는 소박한 고찰古刹. '실상實相'이라는 이름이 마음에 다가왔다.

그해 봄, 모르는 타인들의 불행에 대한 깊은 슬픔과 어두움의 여운이 좀처럼 가시지 않아 일이 손에 잡히질 않았다. 마침 실상사를 포함한 지리산 일대에서 이루어지는 '지리산 프로젝트'라는 이름의 전시 참여 제안을 받게 되었다. 필연이었을까. '산'이라는 한 글자가 제일 크게 다가왔다. 자연에 가장 도움이 되지 않는 존재는 만물 중 인간이라고 했던 어떤 생물학자의 말이 산을 볼 때마다 떠오른다.

하루는 답사차 절에 들렀다가 서울로 올라가는 길을 우연히 큰스님과 동행하게 되었다. 출발 시간과 방향이 같았던 우리는 고속도로를 달리며 느린 대화와 침묵을 이어갔다. 아담한 체구에 단단한 첫 인상의 그가 이야기하는 자신의 어린 시절, 지금과는 달랐던 조선시대 이전의 승려들, 마을 공동체와의 관계와 현세에 대한 명료한 생각 등을 듣는 동안 나는 그의 옷차림도 잊은 채 귀를 기울이게 되었다. '우주 만물은 서로 연결되어 있고 상호 의존적인 것이어서 독립적인 실체는 없다'는 불교 사상은 이분법적 세계관, 획일성을 통한 감각의 퇴보를 부추기

Kyungwoo Chun, *Skyorearth*
Performance and temporary installation, 2014-2018
Jirisan Project, Silsansa Temple, Namwon

는 이 시대의 관계 방식 안에서 더욱 도드라진다. 독일의 철학자 리하르트 다비트 프레히트Richard David Precht의 발언에 한창 공감하던 나는 이 승려와 철학자를 마주 앉히고 싶다는 생각까지 들었다. 두 사람 모두 타인을 희생양 삼지 않고도 인간이 인간답게 살아가는 현대적인 방법론을 고민하며 소통의 창구를 찾고 있었다. 디지털 시대에 기술 지상주의자들이 열광하는 효율성, 관계 연결linking의 증가하는 양과 빨라지는 속도는 사적 공간의 소멸과 희생에 대한 두려움을 키운다.

이 고찰이 겪어온 세월에 비하면 흔적도 남지 않을 기간이지만 나는 이곳에서 5년간 퍼포먼스의 실행을 제안하였다. 막연하나마 마음을 추스르는 최소한의 시간이라 여겼고 한 사람의 참여자만 있어도 지속하기로 약속하였다. 산에 둘러싸여 별의 바다를 마주하는 밤과 꿈속 같은 새벽 풍경을 계절에 따라 경험하는 사찰에서의 시간은 나의 이 알량한 시도를 한없이 보잘것없는 것처럼 느껴지게 하였다. 가만히 바라만 보아도 꿈틀거리며 시시각각 변하는 풀들과 흙, 바람을 스승으로 하는 워크숍을 위해 학생들과 동행할 때는 매번 아무런 도구 없이 오로지 자연에 담긴 재료들만을 이용하여 각자의 공간에 일시적 작품을 설치하게 하였다. 뉴미디어를 주로 사용하던 사진 예술학도들은 잠시나마 자연 속에서 신체감각에만 의존해 자신과 대

Kyungwoo Chun, *Skyorearth*
Performance and temporary installation, 2014-2018
Jirisan Project, Silsansa Temple, Namwon

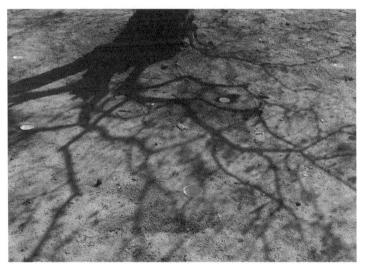

Kyungwoo Chun, *Skyorearth*
Performance and temporary installation, 2014-2018
Jirisan Project, Silsansa Temple, Namwon

화하며 둘레길을 걷거나 함께 암자(약수암)에 오르기도 하였다. 사찰에서 보내는 심심한 밤과 혼자 걷는 사색의 시간을 통해 나뭇가지와 돌, 풀들의 조합으로 이루어진 이 습작의 형상이 우리 앞에 서서히 드러났다. 이유만 있다면 형상이 없어도 좋았다.

매년 실상사로 향하는 길은 첫 만남이자 시작이었다. 나는 퍼포먼스를 위해서 사찰의 진모습을 해치지 않으려 하였다. 관람객은 필요치 않았으며 참여 희망자들에게는 짧은 안내문을 보냈다. "자신이 사용하던 찻잔을 하나 가져오십시오. 그리고 가까운 한 사람의 상처를 씻어줄 귀한 물도 함께 준비하십시오." 참가자들은 자신의 지인들 중 가장 마음의 상처가 깊은 한 사람을 위해 찻잔과 물을 준비하였다. 그리고 매회 약속된 시간에 이를 실행하고자 모였다.

퍼포먼스가 시작되면 참여자들은 가져온 찻잔과 물병을 조심스레 꺼내 각자의 찻잔에 물을 따른 후 잠시 눈을 감고 한 사람의 상처를 생각한다. 그리고 찻잔에 담긴 물을 마신다. 그 물은 타인의 상처를 지나 나의 몸속으로 들어가는 듯하다. 이어서 사람들은 땅의 높이에 맞춰 자신의 빈 잔을 설치하고 그 찻잔의 크기만큼 파내어진 흙을 가지고 일상으로 돌아간다. 정성스레 설치를 할 때면 어디에선가 나타난 개미들이 잔 속으로

(위) Kyungwoo Chun, *Skyorearth*
Performance and temporary installation, 2014-2018
Jirisan Project, Silsansa Temple, Namwon
(아래) Garden, Silsanga Temple, Namwon

뛰어들기도 하고, 가을엔 누가 가져다준 듯 낙엽이 날아들기도 한다. 흙이나 물, 눈이 담기기도 하지만 사람이 떠나고 난 후 이 잔에 무엇이 채워질지는 잔들만이 알 것이다.

참여자들 각자는 절 안에 두고 온 찻잔—타인의 상처—과 내적인 연결 고리를 갖게 된다. 하늘과 연결된 통로와도 같은 이 찻잔은 계절의 변화, 낮과 밤, 하늘의 색에 따라 변하기도 하며 땅속 미생물, 곤충들의 쉼터가 되기도 하다가 사라진다.

마지막 퍼포먼스의 날 아침, 큰스님과 차담을 나누며 그가 가꾼 정원을 둘러보았다. 그는 차를 따르면서 "존재 자체는 가치나 목적을 가지고 있지 않다, 인간이 만들어냈을 뿐"이라고 되새겨준다. 주변은 정갈하나 잡초가 뒤섞인 그 정원이 반가워서 건넨 나의 질문에 대한 대답이었다. "스님, 잡초도 생명인데 다른 풀들을 위해 꼭 뽑아버려야 하는지요?" 모든 생명체의 좋고 나쁨, 아름답다 아니다는 인간이 만들어내는 것이라고 그가 덧붙인다. "꽃밭으로 볼 것인가 풀꽃밭으로 볼 것인가"의 차이일 뿐.

Kyungwoo Chun, *Die Unsichtbaren Worte*, 2011–2014
Kunst im öffentlichen Raum / Senator für Kultur Bremen, Bremen

Kyungwoo Chun, *Die Unsichtbaren Worte*, 2011–2014
Kunst im öffentlichen Raum / Senator für Kultur Bremen, Bremen

보이지 않는 말들

우리가 살아가는 공간에는 의식意識이 흐른다. 사람과 사람 사이에 놓인 공간들은 비어 있는 듯 보이나 연결되기를 기다리는 수많은 의식의 조각들로 가득 차 있다. 보이지 않는 조각들은 서로 일정한 거리를 필요로 하며 우리가 위기에 처할 때 비로소 그 의미를 드러낸다. 오늘날 소통의 방식은 공간과 시간의 간극을 최대한 좁혀놓으려 하지만 그것이 관계가 가까워짐을 뜻하지는 않는다. 오히려 사라지는 의식의 대상(타인)과의 거리감을 점점 더 감지하게 한다.

독일 브레멘에서 진행된 이 프로젝트는 우리 삶의 근간을 이루는 에너지에 대한 일상을 모티프로 하고 있다. 집에서 자전거 페달을 밟아 푀렌슈트라세Föhrenstrasse의 작업실에 도착하려면 늘 베저Weser강 가의 발전소를 지나가야 했다. 작업실 발코니에 앉아 커피 한 잔을 들고 마시자면 손에는 온기가 전해지고 발전소 굴뚝으로 뿜어져 나오는 연기가 보이곤 하였다. 어느 날 다섯 살 난 세오Seo는 저 거대한 굴뚝에서 도시의 모든 구름을 만들어낸다고 이야기하였고 나는 웃으며 그럴지도 모른다고 맞장구쳐주었는데, 정말 이 정화된 수증기에 불과한 흰 굴뚝 연기가 그 위를 떠다니는 구름 속으로 스며가는 신기한 풍경을 목격하기도 하였다.

나는 매일 이 발전소를 지나다니며 서서히 새 프로젝트를 계획했다. 그리고 얼마 후 이 도시의 에너지공사 기술자들과 협력하는 프로젝트 「보이지 않는 말들Die Unsichtbaren Worte」을 제안하기 위해 편지를 썼다. 누구의 의뢰를 받지도, 필요한 조건이 확보되어 있지도 않았지만 이 프로젝트를 시작할 때가 되었음을 느꼈다. 몇 주 후 책임자들과의 첫 만남이 성사되었다. 그러나 늘 현실적인 문제들을 해결하는 데에 익숙한 이들에게 땅속에 묻혀 보이지도 않을 이 이상한 예술작품 같지 않은 번거로운 일에 대한 제안은 낯설게만 비춰졌다. 그 후 수개월의 설득과 기다림의 시간 동안 나는 이 도시 에너지 공급의 역사 속을 여행하며 석탄 가루와 공사 현장의 고단함이 짙게 묻은 과거의

Film Archive, Gaswerk Woltermershausen
swb Bremen, Bremen

Kyungwoo Chun, *Die Unsichtbaren Worte*, 2011–2014
Kunst im öffentlichen Raum / Senator für Kultur Bremen, Bremen

Kyungwoo Chun, *Die Unsichtbaren Worte*, 2011–2014
Kunst im öffentlichen Raum / Senator für Kultur Bremen, Bremen

노동자들을 만날 수 있었다. 그리고 런던을 가든 뉴욕을 가든 어떤 화려한 풍경보다 거리의 파이프 공사장과 그 안의 사람들만이 눈에 들어왔다. 브레멘으로 돌아오니 드디어 긍정적인 첫 회신이 왔다. 나는 곧 큐레이터 잉고Ingo Clauss와 의기투합하여 본격적으로 프로젝트를 추진하게 되었다.

도시의 거리 밑 땅속에 설치해야 하고 눈으로 볼 수도 없는 이 프로젝트는 육체와 땅이 맞닿는 노동에 종사하며 살아가는 이들이 매일 수행해야 하는 일과 직접적으로 관련이 있어야 했다. 미술이론가이기도 한 잉고는 자신이 한 번도 시도해본 적 없는 땅속에의 작품 설치, 공공 영역의 경계, 보이지 않는 예술에 대한 흥미로운 연구를 병행하였다. 그의 눈에 이 사라짐을 통한 작품의 구현은 그 주체가 될 사람들과의 협력으로 이룩하는 미개척의 영역terra incognita이었다. 보이진 않지만 우리의 목적은 아이디어만이 아닌 실제로 '실행'에 옮기는 것이었으며 얼마 지나지 않아 브레멘시 문화부의 공식적인 도시 공공미술 프로젝트로서 후원을 받게 되었다. 이는 조형물이 아닌 예술적 '사건'으로서의 가치를 인정받았음을 의미한다.

우리는 매일 도시에서 에너지(물, 전기, 가스 등)를 생산·조달하고 땅속의 네트워크를 통해 시민들에게 공급하는 에너지 기술자 2700명 앞으로 초대장을 발송하여 다음과 같은 질문을 하였다. "어떤 말이 타인에게 힘과 온기를 전할 수 있겠습니까?" 이들이 매일 책임지는 물질적 에너지 대신 각자의 마음이 담긴 글귀를 모으고 이 과정을 시민들에게 퍼트리고자 함이었다. 방법은 명료하였으나 자발적 참여 없이는 실현 불가능한 일이었기에 먼저 공사 현장을 찾아가보기로 하였다. 그리고 얼마 후 현장 기술자들과의 대화 속에서 공사장을 불쾌하게 인식하는 시민들의 편견에 대한 서운함과 동시에 절대적 책임에 대한 자부심이 혼재된 감정을 감지할 수 있었다. 군중은 안락의 자를 원하지만 의자 밑은 보고 싶어 하지 않는다. 나는 이들에게 먼저 자신의 일에 대한 새로운 차원의 인식과 그 시간의 질을 변화시키고자 하였고, 시간이 걸렸지만 이를 알아주는 사람들이 조금씩 생겨났다. 기왕 주어진 노동의 시간을 그저 지나가기만을 기다리며 흘려보낼지 아니면 의식적 시간으로 채워갈지, 선택의 문제였다.

프로젝트 참가자들은 시민들에게 에너지와 따뜻함을 줄 수 있는 문장을 하나씩 적어 내게 되고, 우리는 이 문구들을 참가자들 각자의 이름, 출생 연도와 함께 파이프나 케이블에 새긴 뒤 도시의 거리 곳곳의 에너지 이동 경로에 설치할 계획이었다. 모두들 에너지 공급의 주체이지만 임무를 마치고 일상으로 돌아가는 순간 스스로도 수급자가 되니 자신의 말은 자기 자신

Kyungwoo Chun, *Die Unsichtbaren Worte*, 2011–2014
Kunst im öffentlichen Raum / Senator für Kultur Bremen, Bremen

에게로도 향하게 된다.

　이윽고 하나둘씩 글귀가 모이고 모든 준비가 완료되어 첫 번째 설치를 위해 불도저와 인력들이 모였다. 중년의 참가자 두 명도 자리를 함께하였다. 이들이 적어 온 포장도로 아래로 숨겨지는 타인을 위한 말들은 인생의 모토 같은 명언부터 아주 사소한 한마디까지 다양하였는데 "인생의 큰 변화는 또 하나의 기회일 수 있다Große Veränderungen in unserem Leben können eine zweite Chance sein"라는 한 참가자의 글이 새겨진 파란 파이프가 설치됨으로써 프로젝트의 첫 번째 거리가 완성되었다. 방송국 등 주요 언론사들은 이 사건을 일제히 시민들에게 보도하기 시작했고 참가자들이 늘면서 하나둘씩 도시의 거리에 설치가 이루어졌다. 30킬로미터 떨어진 브레멘주의 항구도시 브레머하펜 또한 빼놓지 않았다.

　설치가 끝나면 항상 도로는 원상 복구되었고 거리는 아무 일도 없었다는 듯이 일상으로 돌아갔다. 사람들은 작품이 도대체 어디에 있냐고 묻곤 했는데, 나는 시민들이 차가운 콘크리트 바닥 아래로 에너지 원료뿐 아니라 누군가의 마음도 우리 곁에 함께 흐르고 있다는 상상을 하길 기대하였다. 때로는 우리가 자리를 내줄 미래와의 대화같이도 느껴졌다. 이는 카메라의 셔터를 누를 때 가끔 느껴지는 감정과 비슷하였다. (이듬해 나에게 예기치 않은 인생의 큰 변화가 생겼다. 가족과 함께 한국으로 이주하게 된 것이다. 순간 첫 번째 설치 문구가 떠올랐다. "인생의 큰 변화는 또 하나의 기회일 수 있다.")

프로젝트는 느리지만 계획대로 계속 실행되었다. 혹한에 땅이 얼어 중단되기도 하고 예산 부족으로 지연되기도 하였지만 폭우가 내리는 날을 제외하곤 나와 스태프들은 공사가 있을 때면 어김없이 현장으로 향했다. 문구가 새겨지는 자리는 두께가 얇은 전기 케이블부터 대형 가스 파이프관까지, 재료와 색도 다양했는데 어느 가을날엔 누군가의 문구가 남겨진 오렌지색 파이프가 무척이나 아름답게 보였다. 한번은 30년간 파이프 설치 일을 해온 60대 참가자의 글귀가 그가 어린 시절 다니던 학교 앞 거리에 설치되는 놀라운 우연이 생기기도 하였다. 그는 그의 손녀가 언젠가 할아버지의 마음을 발견할 수도 있다는 사실에 매우 기뻐하였다. 우리는 프로젝트를 위한 웹사이트 (www.theinvisiblewords.net)를 개설하여 모든 참가자들의 이름과 글귀(에너지)가 어느 거리 아래에 있는지 찾아볼 수 있게 하였고, 동시에 우리가 세상에 없을 미래를 위해 가장 보존성이 좋은 종이 지도를 만들어 시의 아카이브에 보관하기로 하였다. 땅속의 이 문구들은 파이프의 수명이 다할 50-80년 후에나 발견될 것이다.

Kyungwoo Chun, *Die Unsichtbaren Worte*, 2011–2014
Kunst im öffentlichen Raum / Senator für Kultur Bremen, Bremen

나는 이 프로젝트를 추진하던 중 가까운 친구 부크하르트 Burkhard Wulfhorst의 갑작스러운 와병 소식을 전해 듣게 되었다. 병문안을 갈 때면 야위어가는 그에게 어떤 힘이 되는 말을 해줘야 좋을지 고민되곤 했지만 사실 우리에겐 말이 별로 필요 없었다. 공학 박사인 부크하르트와 나는 늘 우리가 알지 못하는 힘의 영역, 마음의 파장에 대해 이야기를 나누곤 하였다. 실용주의자였던 그는 항상 나의 계획에 지지를 보냈고 이 프로젝트에 영감을 주기도 하였다. 첫 공사 시작 후 네 번째 해가 되어비로소 50개의 거리에 설치를 마치게 되었고 완성을 보지 못한나의 영원한 친구 부크하르트에게 이 프로젝트를 헌정하였다.

에
필
로
그

글로서 살아온 흔적을 남기는 일은 두렵고 조심스러운 일이다.

시각 이미지나 벌여놓은 크고 작은 행위의 드러남을 통해 주로 소통해온 나는 작품의 성공 여부와 상관없이 혹여나 나의 협소한 글이 보는 이들의 상상력에 누가 될까봐 인터뷰 답변 외에 글을 남기는 일은 지양해왔다. 작가를 떠나 독립해야 하는 작업들과 마주한 누군가가 갖게 되는 고유의 관계에 개입하고 싶지 않아서이기도 하지만 시작하거나 만들었다고 다 내 것이 아닌 것이, 타인 없이는 하나도 가능한 일이 없었기 때문이기도 하다.

나는 평소에 시인을 가장 위대한 예술가로 여겨왔다. 세상 모두가 공유하는 몇 개 단어들의 순서와 조합만으로 무한한 감각의 파장을 가능하게 하는 이 가벼운 차림의 고수들은 재료와 장비들을 잔뜩 짊어지고 떠들썩하게 판을 벌여야 하는 내 작업 과정에서 늘 부러움의 대상이기도 하였다.

오래된 작업 노트 속의 두서없는 단상들, 이런저런 손끝의 흔적들을 통해 과거의 나와 만나는 시간은 기대하지 못한 특별한 경험이었다. 어떤 때는 도대체 무슨 생각과 감정이 들었기에 이런 글귀를 남겼는지 한참을 들여다보아야 했으며 지금의 나를 바라보면 별반 더 성숙해지지도 못한 모습이 부끄럽기도 하였다.

이 책은 2년 남짓 『현대문학』에 연재되었던 글들을 모은 것이다. 가끔은 곤혹스러운 마감을 통해서 글쓰기를 업으로 하는 분들에 대한 경외심과 함께 그동안 겁도 없이 수많은 이들에게 불쑥 내밀었던 질문들과 제안의 글귀들이 인간에 대한 얼마나 깊은 이해로부터 비롯되었는지 반성하는 시간도 갖게 되었다. 한편으론 수많은 참가자들이 가슴속에 지니고 있는 그 마음의 무게를 가늠하였더라면 아마도 그러한 용기를 내지 못했을 것이라는 생각도 해보았다. 글의 시제는 과거형과 현재형이 뒤죽박죽인데 이 모든 이야기는 과거에 일어난 일이기도 하지만 현재 진행형이기도 해서이다.

본문에 선별하여 소개된 작품들은 그동안 인연이 닿은 여러 지역에서 이루어진 25개의 프로젝트들이다. 사진 작품을 제외하고는 그간 공개하지 않았던 기록사진들 위주로 구성하였으며 혼자서 간직하고 있던 작품과 함께 쌓여간 상념들이 담겨 있다.

　3년 전 늦가을에 작업실을 방문하여 경험했던 작업의 이야기들을 글로 써보라고 처음으로 용기를 주셨던 안소연 전 삼성미술관 플라토 부관장님, 애정으로 귀담아듣고 믿어주신 『현대문학』 양숙진 회장님과 편집부에 감사한 마음이다.

　이 책은 모든 프로젝트들을 가능하게 해준 조력자, 후원자들과 나의 가족, 무엇보다 어디에선가 우리가 함께한 경험을 각자의 기억으로 가꾸어가고 있을 수많은 익명의 참가자들의 것이다.

부록 / 이미지 제공 및 프로젝트 제작 · 주최 기관

A Foundation/ Liverpool Biennial, Liverpool(pp. 230-231); Arte Lisboa, Lisbon(p. 208); Artforum Berlin/ arte, Berlin(pp. 190-191); ArtOxygen, Mumbai (pp. 7-8); basis e.v. produktions-und ausstellungsplattform, Frankfurt am Main(p. 76); Bernhard Knaus Fine Art, Frankfurt am Main(p. 72); Casa Asia/ Festival Asia, Barcelona(pp. 206-207); CCA-Centro Cultural Andratx, Majorca/ Gallery Asbaek, Copenhagen(p. 20); Centro Huarte-Centro de Arte Contemporáneo, Huarte(p. 58); Essener Philharmonie, Essen(pp. 276-277); Fundación Centro Ordónez, Falcon de Fotografía, Donostia-San Sebastian(p. 87);Galeria Arteko, San Sebastian(p. 256); Galeria Raquel Ponce, Madrid(p. 148); Galerie Andres Thalmann, Zurich(p. 208); Galleri Image, Aarhus(pp. 146-147); IOC-International Olympic Committee, Lausanne(p. 163); Kunst im öffentlichen Raum/ Senator für Kultur Bremen/swb Bremen, Bremen(pp. 333-344); Staedtische Galerie Delmenhorst, Delmenhorst (p. 188);Kunsthal Aarhus, Aarhus(pp. 44-45); Kunsthalle Bremen, Bremen(pp. 248-249); Kunsthalle Erfurt, Erfurt(p. 269); Kunsthalle Goeppingen, Goeppingen(pp. 80-81); MAC-VAL-musée d'art contemporain Val-de-Marne(p. 32); Laznia-Center for Contemporary Art, Gdansk(pp. 118-119); Museum Weserburg, GAK, Bremen(pp. 219-220); National Gallery Praha, Praha(p. 255); PSi conferance, University of Copenhagen, Copenhagen (p. 255); Roskilde Festival, Roskilde(p. 208); Sunaparanta-Goa Center for the Arts, Goa (pp. 170-171); Schwankhalle Bremen, Bremen(p. 273); Stiftung DKM(pp. 18-19), Duisburg; Suum Art Project, London/Seoul(pp. 230-231); Times Square Alliance/ Front Studio Architects, New York; New York(pp. 198-199); Van Zoetendaal Collection, Amsterdam(pp. 132-133); WDR Music Fest, Landschaftspark, Duisburg(pp. 260-261); 가인갤러리, 서울(pp. 94-95); 국립현대미술관, 서울(pp. 236-237); 금호아트홀, 서울 (p. 282); 문화비축기지, 서울(pp. 276-277, pp. 280-281); 문화역서울284, 서울(pp. 106-107); 부산비엔날레/부산시립미술관,부산(p. 195); 부산현대미술관, 부산(pp. 26-27); 북서울미술관, 서울(pp. 177-178); 성곡미술관, 서울(pp. 142-143); 실상사/지리산 프로젝트, 남원(pp. 320-321); 아르코미술관, 서울(p. 23-24); 창원조각비엔날레, 창원(pp. 88-89); 토탈미술관, 서울(p. 266); 한미사진미술관, 서울(p. 51); 해인사/해인아트프로젝트, 합천 (pp. 56-57)

천경우

1969년 서울에서 태어나 중앙대학교 사진학과를 졸업하고 독일 부퍼탈Wuppertal 대학교 커뮤니케이션 디자인학과에서 디플롬 학위를 받았다. 한국과 유럽을 오가며 사진과 퍼포먼스, 공공미술 작품 활동에 주력하고 있으며, 프랑스 막발Mac val 현대미술관, 네덜란드 사진미술관 하우스 마르세유Huis Marseille, 미국 LA카운티미술관LACMA, 덴마크 오덴세Odense사진미술관, 폴란드 라즈니아Laznia현대미술관, 독일 함부르크Hamburg예술공예미술관, 한미사진미술관, 국립현대미술관 등 세계 주요 미술관들에 작품이 영구 소장되어 있다. 주요 작품으로 타임스 스퀘어에서의 퍼포먼스 「Versus」, 사진 연작 「Believing is Seeing」 「One-Hour Portrait」 등이 있고, 작품집으로 『Thousands』 『Being a Queen』 『Performance Catalogue Raisonne I』 등이 있다. 현재 중앙대학교 예술대 교수로 재직 중이다.

보이지 않는 말들
The Invisible Words

지은이 천경우
펴낸이 김영정

초판 1쇄 펴낸날 2019년 12월 30일

펴낸곳 (주)현대문학
등록번호 제1-452호
주소 06532 서울시 서초구 신반포로 321(잠원동, 미래엔)
전화 02-2017-0280
팩스 02-516-5433
홈페이지 www.hdmh.co.kr

ⓒ 2019, 천경우

ISBN 978-89-7275-144-1 03810

* 책값은 뒤표지에 있습니다.
* 이 도서의 국립중앙도서관 출판예정도서목록(CIP)은 서지정보유통지원시스템 홈페이지 (http://seoji.nl.go.kr)와 국가자료종합목록 구축시스템(http://kolis-net.nl.go.kr)에서 이용하실 수 있습니다. (CIP제어번호 : CIP2019050093)